나의 가장 소중한,
나의 가장 침울한

나의 가장
소중한,

나의 가장
침울한

강인성 · 고태연 · 구선 · 김애경
박미선 · 박선영 · 송경아 · 신진우 · 이수아
이재영 · 임후남 · 장소희 · 주미희 · 최은주

책을 펴내며

마당에 큰 굴피나무가 있다. 큰 굴피나무에는 몇 군데 가지가 잘린 흔적들이 있다. 가지가 제법 컸는지 잘린 가지의 흔적은 세월이 지나면서 뭉툭해졌다. 가지를 자르지 않았다면 나무는 수십 년 세월 동안 무성하게 함부로 자랐을 것이다. 아주 어린 나무였을 때 잘린 흔적은 지금은 보이지도 않는다. 겉으로 흔적을 보이든, 혹은 보이지 않든 지금의 크고 아름다운 나무를 만든 것은 가지치기 덕분이다.

상처 없이 살 수는 없다. 어렸을 때는 부모나 형제자매로부터, 성장하면서는 주변인들로부터. 그 상처가 때로는 불뚝 튀어나와 지금을 힘들게 하기도 한다. 무엇 때문에 아픈 것인지도 모른 채 마음이 아프기도 하다. 그래서 외면하고, 잊고 싶어 한다.

그런데, 저 깊은 우물 속으로 내려가 보면 그런 것들

이 나의 가장 소중한 것들이라는 점이다. 차마 버릴 수 없는, 내 마음에 깊이 새겨진 흔적들. 나의 가장 소중한 것이 밝고 발랄하다면 얼마나 좋을까. 그러나 그것들은 한없이 침울하다.

『나의 가장 소중한, 나의 가장 침울한』의 시작은 '나의 소중한 것'에서 시작됐다. 그런데 침울함을 발견한 순간 버리고 외면하고 싶었다. 그러나 그럴 수는 없는 나의 것들. 그리고 깊이, 조금 더 깊이 들어가자 그것들은 다시 더할 나위 없이 나의 가장 소중한 것으로 돌아왔다. 그러는 동안 우리 각자는 내 안의 또 다른 나를 발견할 수 있었다.

『나의 가장 소중한, 나의 가장 침울한』은 시작일 수도 있고, 끝일 수도 있다. 우리는 아직 살아가는 중이기 때문이다. 그러나 오늘 나의 가장 소중한, 나의 가장 침울한 것은 오늘의 우리를 아름답게 성장시키는 것이다. 마당의 저 우람한 굴피나무처럼.

글쓴이들을 대표하여 임후남

목차

(가나다 순)

갯벌

이수아

지금을 즐기며 사는 방랑자

"수아야, 너한테서 무슨 냄새가 나."

"조개 냄새가 나나? 조개 광에 자주 놀러 가서 그런가
봐."

초등학교 2학년 때 친구가 내게서 냄새가 난다고 했
다. 조개 냄새는 갯벌 냄새였다. 어머니가 서울에서 일하
는 동안, 날 돌본 건 할머니였다. 할머니는 일주일에 두
세 번 갯벌로 가 조개를 캤다. 친구가 내게서 맡은 갯벌
냄새는 할머니 냄새이기도 하다. 냄새만으로도 내 혀 감
각은 짠맛을 느꼈고, 빨래를 해도 할머니 옷에서는 짠내

가 났다.

할머니와 살던 인천 연수구 동춘동 동춘마을은 어촌계가 있고, 두 개의 조개 광이 있었다. 할머니와 고모는 마을 사람들과 갯벌로 나가 바지락을 캤다. 산더미 같은 바지락을 실은 경운기가 줄을 이었다. 그것을 조개 광 앞에 쏟아내면 조개 동산이 되었다.

나는 유치원을 다니기 전부터 할머니를 따라 조개 광을 드나들었다. 마을 사람들은 조개 광에 모여 바지락을 깠다. 바지락 까는 일은 어른과 아이를 가르지 않았다. 젖가슴처럼 탱글하고 보드라운 바지락 속살을 투명한 봉투에 담았다. 어촌계에서는 마을 근처 롯데마트에 그것을 납품했다. 그리고 그 돈을 나누었다. 돈을 받는 날이면 할머니는 내 손에 천 원짜리 한 장을 쥐여 주며 말했다.

"수아야, 오양이네 가서 맛난 거 사 먹어라. 친구도 하나 사 주고 너도 먹고 놀아."

천 원이면 오양이네서 무엇이든 살 수 있었다. 어떤 날은 바지 주머니 양쪽 가득 왕방울만 한 사탕을 샀고, 어떤 날은 초코파이와 우유를 사 들고 친구와 조개껍질

11

무덤에 앉아 먹었다.

아이들은 조개껍질이 쌓여 있는 곳을 뛰어다니며 발로 밟아 으깼다. 조각난 조개껍질은 무덤이 됐다. 나는 조개 광에 쌓여 있는 바지락 사이에서 보물찾기도 했다. 그 속에 숨어 있는 맛조개, 소라, 돌게를 찾고 놀았다.

사계절 내내 조개 광 한쪽에서는 주전자에 물을 끓였다. 하얀 김이 안개처럼 조개 광을 채우고, 주전자 뚜껑이 파르르 소리를 내며 끓어올랐다. 주전자 속에는 맛조개, 소라, 돌게가 들어 있었다. 어른들은 그것을 삶아 동네 아이들에게 내주었다. 일종의 간식이었다. 할머니를 따라 조개 광에 갈 때마다 나도 삶은 조개를 얻어먹었다.

여덟 살, 내 손이 여물어지던 날 고모는 내게 바지락 까는 것을 가르쳤다. 조개 칼은 어른의 엄지손가락만 했다. 닳고 닳은 조개 칼은 초승달 같았다. 그 조개 칼은 어린 내 손에도 잘 감겼다.

바지락 꽁무니에 칼날을 대고 비틀면 꽁무니가 맥을 못 추고 입을 벌렸다. 그 사이로 칼날을 집어넣어 부채모양을 따라 바지락 가장자리를 훑었다. 칼로 한 번 더 헤집으면 바지락은 속살을 드러냈다. 바지락 살을 할머니 통에 넣으면 할머니의 입술은 바지락처럼 부채 모양이 됐다. 조개 칼을 잡은 날부터 내 살갗에서도 갯벌 냄새가 났다.

갯벌은 넓고 깊은 바다 밑에 깔려 있다. 바닷물이 빠져나가면 모습을 드러내고, 바닷물이 차오르면 모습을 감춘다. 그러나 자신의 존재를 드러냈다 감추는 것은 갯벌만이 아니었다. 어머니가 서울로 일하러 가면 할머니는 물이 빠져나간 갯벌처럼 내게 어머니와 같은 모습을 드러냈고, 어머니가 내 곁에 서면 할머니는 바다 밑에 깔린 갯벌처럼 모습을 감췄다.

바다가 되었다가 육지가 되는 신비의 땅. 그것은 갯벌이고 할머니의 일부였다. 갯벌은 바다를 정화해 준다 하여 자연의 콩팥이라 불린다. 푹 빠지는 갯벌은 넉넉한 할머니의 품처럼 많은 생물을 품고 있다. 할머니가 내게 온정의 터전을 준 것처럼, 갯벌은 철새들의 터전이기도 하다. 철새는 갯벌 한가운데 서서 유유자적하다 미생물로

배를 채운다.

내가 한창 조개를 까며 할머니에게 손을 보탤 무렵, 동네 사람들의 한숨이 들려왔다. 갯벌이 매립된다고 했다. 나는 그것이 무슨 말인지 알 수 없었다. 내가 초등학교 3학년이 되었을 때 할머니는 더 이상 갯벌에 나가지 않았다. 동네 사람들도 갯벌에 나가지 않았다.

어느 날 할머니와 고모는 종이 한 장을 들고 왔다. '조개 딱지'라고 했다. 갯벌을 매립하고 그 위에 아파트를 짓는다고 했다. 막힌 어촌계의 돈줄 대신 조개 딱지를 받은 것이다. 그 조개 딱지를 사려고 마을에 양복 입은 사람들이 몰려왔다.

1994년, 당시 양복 입은 사람들은 조개 딱지를 천만 원에서 많게는 삼천만 원까지 사 갔다. 고모뿐 아니라 너도나도 조개 딱지를 팔았다. 하지만 할머니는 그것을 아버지 손에 쥐어 주면서 말했다. 절대 팔지 말라고.

할머니가 갯벌에 나가지 않고 나도 바지락을 까지 않았지만, 내 몸에서는 갯벌 냄새가 났다. 몸에 밴 짠내는 초등학교 6학년이 돼서도 사라지지 않았다. 6학년 때 유치원을 함께 다녔던 승희라는 친구와 한 반이 됐다. 그 친구의 혀는 뱀과 같았다. 승희는 언제나 내게 고약한 냄새가 난다고 했다. 승희는 내 앞을 지날 때마다 코를 틀어막았다.

아파트에 사는 승희 얼굴은 늘 빛이 났고, 옷에서는 향기가 났다. 승희가 놀릴 때마다 나는 부끄러웠고 부러웠다. 한 발을 내딛을 때마다 집어삼킬 듯한 뻘처럼, 친구를 향한 부러움은 날 집어삼킬 것만 같았다.

중학교 3학년 때 아버지는 날 차에 태웠다. 차를 타고 바다 위로 뻗은 긴 다리를 건넜다. 허허벌판을 지나자 하늘로 치솟은 건물들이 보였다. 아파트와는 비교가 안 되는 높이였다. 아버지는 그중에 한 건물을 가리키며 말했다.

"수아야, 조개 딱지를 이 아파트와 바꿨다. 저 맨 꼭대기 보이지? 저기가 우리 집이다."

할머니의 갯벌이 매립되고 그 위에 세워진 송도신도시. 웅장한 아파트는 할머니와 내게 배어 있는 갯벌의 짠

내를 당장이라도 지워줄 것 같았다.

하지만 할머니는 아파트를 보러 가지 않았다. 좋은 아파트를 보러 가지 않겠다던 할머니의 가슴 저 밑엔 갯벌이 있었을 것이다. 갯벌 위로 출렁이는 바닷물처럼 할머니 가슴에도 물살이 들어찼을 것이다. 할머니는 바지락 캐고 살던 삶을 가슴에 묻었을 것이다.

할머니는 하늘의 별이 되는 마지막까지 아파트를 보러 가지 않았다. 내가 뱃속에 첫 아이를 품은 지 8개월 때였다.

아이가 두 돌이 되었을 때 나는 남편과 함께 할머니의 갯벌로 갔었다. 아이를 남편에게 맡기고 나는 갯벌로 걸어 들어갔다. 뽀글거리는 구멍을 맨손으로 파헤쳤다. 작은 게는 줄행랑쳤고, 조각난 조개껍질은 내 손에 작은 상처를 남겼다. 회색빛 뻘 속에 감춰진 검은 흙에서는 진한 갯벌 냄새가 났다. 내게서 지워진 줄 알았던 갯벌의 짠내가 그대로 내게 묻어나는 듯했다. 할머니와 나의 냄새.

이후 남편과 나는 6월이 되면 종종 갯벌에 간다. 아이들 손에 장갑을 끼우고 장화를 신긴다. 한 손은 아이 손을 잡고, 한 손에는 호미 한 자루를 쥔다. 나는 아이와 함께 갯벌에 발을 딛는다. 한 걸음, 두 걸음. 뒷걸음이 앞걸음을 포개며 할머니의 갯벌을 걷는다. 갯벌의 냄새를 안고 불어오는 6월의 바람은 할머니 품처럼 포근하다. 짠 기운으로 눅눅해진 내 머릿결이 바람에 흩날리면, 깊은숨을 들이마신다. 그러면 내 몸 깊숙한 곳까지 할머니 냄새가 가득 차오른다. 영원히 내 몸에서 지워지지 않을 짠내가 가득 차오른다.

구렌디 전축

박선영

나를 찾아 여행 중인
나이를 거꾸로 먹고 싶은 공상가

"동묘시장이요? 그게 어디 있는 거예요?"

오랜만에 이웃을 만났다. 이웃은 나에게 지난 주말 LP판을 구경하러 서울 동묘시장에 갔었다고 했다. 그는 아날로그 느낌이 좋아서 LP플레이어를 구매한 이후 중고 LP판을 하나씩 사 모은다고 했다. 그러나 지난 주말에는 가격이 비싸 한 개 밖에 못 샀다고 했다.

LP 플레이어. 예전엔 그것을 전축이라고 불렀다. 어렸을 적 우리 집에는 전축이 있었다. 지금의 LP 플레이어는 턴테이블에 블루투스 오디오 기능 정도만 있는데,

예전엔 달랐다. 카세트테이프를 넣는 칸도 있고, 음향을 조절하는 기능도 추가되어 있었다. 무엇보다 부피가 컸다. 아직도 친정집에는 전축이 붙박이 가구처럼 자리 잡고 있다.

친정집 전축은 독일의 그룬딕^{Grundig} 회사 제품으로 납작한 사각 본체 안에 턴테이블과 카세트테이프, 라디오가 일체형으로 되어 있다. 뚜껑을 열면 좌측엔 동그란 턴테이블이 보이고 우측엔 카세트테이프를 넣는 네모 칸이 보인다. 앞쪽에는 라디오 주파수가 표시되어 있고 옆에 주파수를 조절하는 동그란 손잡이가 있다.

나는 어릴 때 그 전축 앞에서 많이 놀았다. 앞쪽에 있는 버튼들을 누르고 놀다 보면 내가 로봇을 조종하는 과학자처럼 느껴졌다. 그리고 엄마가 LP판을 턴테이블에 넣으려고 하면 쪼르르 달려가 헤드쉘이 움직이는 모습을 유심히 보곤 했다. 헤드쉘은 LP판과 닿아 소리를 내는 부품을 말한다.

LP판을 넣으면 헤드쉘을 달고 있는 암^{arm}대가 조용히 움직였다. 그리고 LP판에 헤드쉘이 닿으면 스피커가 켜지는 소리가 들리고 조금 뒤 음악이 나왔다. 나는 그것들이 만나 어떻게 소리를 만들 수 있을까 신기해했다.

전축을 만지며 놀다 하루는 버튼이 빠졌다. 엄마는 나를 혼내면서 부품 걱정을 했다. 아버지가 외국에서 사 온 것이라 국내에서 부품을 구하기 어려웠던 것이다.

아버지가 전축을 사온 것은 1979년. 내가 태어나기 전이다. 당시 서른 살이었던 아버지는 직원 연수로 6개월간 독일과 벨기에에 다녀왔는데, 그때 기념품으로 사온 것이 바로 그 전축이었다. 당시에는 일반인의 해외 출국이 금지되었던 시기였다. 그랬던 시절 해외에 다녀왔으니 아버지는 무리해서라도 뭔가 의미 있는 기념품을 사오고 싶었던 모양이다.

"그때 구렌디 전축이 유행이었지. 외국 나가기가 어렵던 시절에 어쩌다 외국 나갔다 오는 사람들은 다 그걸 사오곤 했어."

엄마는 종종 그렇게 말했다. 나는 그때마다 엄마에게 구렌디라 불리는 그 전축은 명품가방과 비슷하구나 생각했다. 내가 진짜 필요한 게 아니라 비싼 제품을 지니고 있을 때 느끼는 만족감 같은 것. 전축 옆에는 폴 모리아 연주곡 세트와 70년대 외국 댄스곡, 영화음악 LP판들이 꽂혀 있었다. 그러나 그것들은 부모님이 평소 좋아하는 음악이 아니었다. 아마도 주변 사람들의 추천 목록을 참고해서 하나씩 사 모았을 것이다.

전축은 아버지가 샀지만, 사용한 건 주로 엄마였다. 엄마는 폴 모리아 연주곡을 들었지만 LP판을 더 사 모으진 않았다. 요즘으로 따지면 아이 두뇌발달을 위해 틀어주는 모차르트 음악앨범 정도로 여긴 것 같다. 그리고 LP판 중에 서부영화 '황야의 무법자' OST가 있었는데 엄마는 그것 대신 나훈아와 남진, 이미자 등 당시 유행하는 노래를 즐겨 들었다.

나는 어린 시절을 창원에서 보냈다. 그 시절, 엄마는 방송국 주부교실도 다니고, 에어로빅도 다녔다. 엄마는 늘 바빴다. 학교 갔다 집에 오면 엄마는 없고 식탁에 쪽지 하나만 남겨져 있는 경우가 많았다.

'엄마 아랫집 ○○네 있다.'

그러다 초등학교 2학년 때 부산으로 이사했다. 문화

센터 등을 몇 번 나갔던 엄마는 다시 나가지 않았다. 재미가 없다고 했다. 엄마는 더 이상 바쁘지 않았다. 엄마는 오래 혼자 지냈다.

어느 날 엄마가 LP판을 뒤적였다. 엄마는 그중 하나를 골라 전축에 올렸다. 조용했던 집이 음악 소리로 쿵쾅댔다. 엄마는 소리를 더 크게 키웠다. 쿵쾅쿵쾅. 이윽고 엄마는 일어나더니 몸을 흔들었다. 엄마가 춤을 추는 것이었다. 나는 쿵쾅대는 음악 소리도, 엄마의 춤도 낯설었다. 나도 모르게 쿵쾅대는 소리가 밖으로 새어 나가지 않기를 바라는 마음과, 누가 엄마의 춤추는 모습을 볼까 걱정되는 마음이 들었다.

춤추는 엄마는 우리 엄마 같지 않았다. 그런데 우스웠다. 그러다 엄마와 눈이 마주쳤다. 엄마는 눈을 찡긋하며 웃었다. 나는 엄마를 따라 웃었다. 엄마가 웃는 모습을 참 오랜만에 본 것 같았다.

지금 생각하면 어쩌면 전학 간 내가 새 학교에 적응하고, 친구들을 새로 사귀어야 했던 것처럼 엄마도 새로운 장소에서 적응이 필요했던 것이 아니었을까.

전축은 이제 고장 났다. 언제 고장 났는지조차 모른다. 그런데도 전축은 아직 친정집 거실 중앙에 있다. 심지어 6년 전 아버지가 퇴직하신 후 두 분은 창원 시골로 이사를 했는데 그때도 고장 난 전축을 갖고 이사하셨다.

"엄마, 전축을 고쳐서 쓰지 그래."

"부품값도 비싸고 잘 쓰지도 않는데 뭐하러."

여전히 고장 난 전축을 들고 이사하는 엄마에게 말했을 때 엄마가 했던 말이다. 그럼에도 엄마는 그 전축을 거실 한가운데 두고 바라본다. 심지어 덮개도 새것으로 갈아놓았다.

엄마에게 전축은 젊음의 유산이라는 생각이 든다. 엄마의 삶에서 가장 빛났던 한 시절. 아버지도 아직 청춘이었던 한 시절. 전축은 그런 한 시절을 추억하게 하는 것이 아닐까. 고장난 전축은 이제 더이상 음악을 틀지 않지만, 젊은 엄마의 시간은 어쩌면 그 속에서 재생되고 있는 것은 아닐까.

나비가 머무는 곳

구선

멋쟁이 할머니로 늙어가고 싶은
우울증 걸린 정원사

나비가 되고 싶었다. 심장에서 가장 가까운 곳에 나비 문신을 새기면 나도 자유로워질 수 있을까 생각했었다. 내가 살던 집은 14층이었다. 전망이 좋지는 않았지만 앞을 가리는 건물이 없고 아래로 작은 공원이 보이는 남향 집이었다.

베란다에 화분 몇 개를 키웠다. 화분에 물을 줄 때나 빨래를 널기 위해 베란다에 나가면 섀시 문을 열고 밖을 내다보곤 했다. 언젠가부터 베란다 난간에 발을 내미는 습관이 생겨 방충망을 열고 한참씩 서 있었다. 발에 바람이 솔솔 느껴지면 날아오르는 느낌은 어떨까 하는 생각을 했다.

하루는 이곳에서 날아오르면 나의 고뇌와 우울이 사라질 것 같은 생각이 강하게 들었다. 발과 얼굴에 부딪히는 서늘한 공기에 집중하고 있는데 갑자기 웃음 소리가 들렸다.

'아, 집에 아들이 있었지.'

나는 얼른 섀시 문을 닫고 거실로 들어왔다.

또 하루는 남편이 퇴근할 즈음 빨래를 개면서 생각했다.

'남편이 들어오면서 말을 걸면 뛰어내려 버려야지.'

고개를 숙이고 빨래를 개고 있는데 남편이 현관문을 열고 들어왔다. 아무 말 없이 나를 지나쳐 안방으로 들어갔다. 항상 오르락내리락하는 감정 상태를 보이던 때여서 두 남자는 내 표정이 좋지 않으면 말을 걸지 않았었다.

사람은 누구나 우울감을 느끼고, 그중 많은 사람이 우울증에 시달리며 그중 일부는 자살 충동을 느낀다. 자살 충동을 느낀다고 해서 모두 자살 시도를 하지는 않는다.

극소수만이 자살 시도를 하고 그중 일부만 성공한다. 물론, 성공할 때까지 시도를 하는 사람도 있다.

성공 여부에 관계 없이 부모의 자살 시도는 자녀에게 영향을 미친다. 부모뿐 아니라 자신이 가깝다고 생각했던 사람이 그 같은 결정을 내렸을 경우, 우울증이 생겼을 때 비슷한 방식의 시도를 하는 확률이 일반 우울증 환자에 비해 월등히 높다.

책이나 논문에서 보이는 숫자를 들춰보지 않더라도 부모를 따라 자살을 시도하는 경우, 형제자매나 친구의 자살 소식에 괴로워하다 같은 선택을 하는 경우는 어렵지 않게 접할 수 있다. 심지어 좋아하는 배우나 가수가 자살한 경우에도 극단적인 선택을 하는 팬들도 있다.

내 주위에도 그런 사람들이 있었지만 다행히 다들 잘 살고 있다. 다음 봄에 입을 옷을 준비하고, 아이들이 자라면 어디서 노후를 보낼까 미래를 꿈꾸는 모습을 보면 진정으로 살고 싶어 그런 결정을 했던 것이구나 하는 생각이 든다.

나의 경우는 좀 달라서 확실한 방법만 생각했다. 꼭

성공하고 싶었다. 미래에 대한 계획을 세워본 적도 없다. 하지만 나의 선택에 아들이 영향을 받는 것은 원하지 않았다. 아들의 웃음 소리나 기침 소리에 정신을 차린 적이 많았다. 병원에 가서 치료를 받고 싶었지만 남편이 원하지 않았다. 자신 때문에 내가 우울증에 걸렸다고 생각한 건지, 내 상황을 심각하게 받아들이지 않은 건지는 잘 모르겠다.

나는 날아오르는 대신 땅으로 내려가기로 했다. 정원이 딸린 집을 계속 찾아봤다. 몇 번 클릭만 하면 내가 살던 곳과 가까운 곳에 있는 전원주택 매물을 볼 수 있었다. 몇 달을 유튜브만 보고 있으니 한 번 같이 가서 보고 오자고 남편이 제안했다. 남편 주위에 우울증으로 자살 시도를 했는데 성공한 사람이라도 있었기 때문이었을까.

화면으로만 보던 예쁜 집들을 구경하니 기분이 좋아졌다. 이 마을에 살면 모든 것이 좋아질 것 같았다. 한겨울이라 꽃 한 송이 없었지만 골목을 걷기만 해도 마음이 풀렸다. 마을에 있던 매물 중 하나를 골라 계약했다.

잔금을 치르던 날 내가 제일 먼저 산 물건은 호미였다.

호미로 잡초를 뽑았다. 하나를 뽑으면 옆에 또 하나가 보였다. 계속 호미질을 하는 나를 보며 남편이 물었다.

"재밌어?"

"응. 친구들을 위해 호미를 열 개쯤 사 두고 싶어. 기분이 나빠지면 우리 집에 와서 잡초를 뽑으라고 할까 봐. 아무 생각이 안 드네. 사람은 역시 땅을 밟고 살아야 하나 봐."

이제는 호미질도, 삽질도, 톱질도 잘한다. 꽃이 피는 것을 기다릴 줄도 안다.

첫해는 당장 눈앞을 꽃으로 채우기 위해 틈만 나면 꽃을 심었다. 겨울을 한 번 나고 만난 내 정원이 눈에 띄게 자란 것을 보니 이제는 내년엔 어떨까, 십 년 후엔 어떨까 상상도 하게 된다. 내일을 기다리는 것이 이런 것이구나, 꽃을 보며 배운다.

이사 후 공황 장애가 생기는 바람에 집에 갇히기는 했지만 그렇게 슬프지는 않다. 내가 원했던 것은 아닐까 하는 생각도 든다. 술과 함께 먹으면 안 되는 약을 먹지만 술과 함께 먹고 싶다는 생각도 들지 않는다.

나는 그렇게 14층에서 땅으로 내려왔다. 날아오르지는 못했지만 꽃 사이를 누비느라 어떤 나비보다 바쁘다. 그러고 보니 베란다에서는 나비를 본 적이 한 번도 없었다. 나비는 항상 땅 근처에 있었다. 꽃이 피어 있는 곳을 살랑살랑 날아다니는 나비를 이제야 본다.

어제도 나비를 보았다. 얇은 날개를 움직이며 소리 없이 날고 있었다. 내 몸이 살랑살랑 날아 오르려면 얼마나 큰 날개가 필요했을까 생각하니 웃음이 났다. 나비처럼 보이는 날개 옷을 사야 하려나. 날개 옷을 입고는 삽질이 힘들 텐데 어쩌지?

나비, 날다

송경아

느리게 걷는 걸 좋아하는
지구별 여행자

꿈에서 아버지와 밥을 먹고 있었다. 아버지는 밥을 다 먹고 식당 구석에 놓인 텔레비전을 무심히 바라보며 이를 쑤시고 있었다. 해가 뉘엿뉘엿 지고 있어 노을빛이 식당에 가득했다. 텔레비전에서 뉴스가 나오고 있었는데, 아버지가 뭐라 중얼거렸지만 알아들을 수 없었다. 나는 밥을 빨리 먹어야 할 것 같아서 허겁지겁 먹었다. 우리는 식당을 나왔다. 아버지가 앞장서서 걷고 나는 아버지를 뒤따라갔다. 아버지는 좀 느리게 걸었다. 나는 문득 아버지가 잘 걷고 있다는 것을 알았다.

이제 좋아지셨네. 아버지가 건강해졌어.

나는 아버지가 다 나았다는 것에 감동했다. 눈물이 나왔다. 순간 내가 울면 아버지가 자기가 아팠다는 것을 기억하고 다시 아팠을 때로 돌아갈까 걱정이 되었다. 그래서 나는 최대한 소리를 내지 않으려 했다. 하지만 점점 입에서 울음이 터져 나왔고 어느덧 오열하고 있었다. 아버지가 뒤를 돌아보았다. 편한 얼굴이었다. 아버지는 운다고 내게 뭐라 하지도 않았고 빨리 오라고 재촉하지도 않았다. 그냥 다시 앞으로 걸어갔다. 나는 왠지 아버지를 쫓아갈 수 없었다. 멀어지는 아버지 뒷모습을 보며 하염없이 울었다. 나는 아빠를 목놓아 부르며 엉엉 울었다.

꿈을 꾼 지 한 달쯤 지난 3월 1일 새벽, 아빠가 하늘나라로 가셨다. 새벽 4시가 막 지났을 때 엄마에게 아버지가 이상하다는 전화가 왔다. 밖은 아직 깜깜하고 비가 세차게 내리고 있었다. 남편에게 아이들을 부탁하고 아버지가 계신 익산으로 출발했다. 1시간쯤 지나 고속도로를 달리고 있을 때 오빠에게 전화가 왔다.

"오고 있니? 빨리 올 필요 없다. 4시 57분에 임종하셨다. …… 오면서 집에 들러 영정 사진 좀 챙겨 갖고 와라."

나는 아무 말도 할 수 없었다. 어두운 밤에 비까지 더해져 앞이 보이지 않았는데 눈물까지 차올랐다. 정말 앞이 보이지 않았다. 차 속도를 줄이고 차선을 끝쪽으로 옮겼다. 내 앞에는 짐을 잔뜩 실은 트럭이 천천히 달리고 있었다. 트럭 뒤를 천천히 따라갔다. 10분쯤 지나 휴게소가 나왔다. 나는 휴게소 주차장으로 들어가 한참을 울었다.

막 7시가 넘은 시간, 나는 익산 집에 도착했다. 집안은 무척 추웠다. 아버지가 쓰러진 작년 9월 이후 집은 거의 비어 있었다. 나는 집안 곳곳을 둘러보며 아버지의 영정사진으로 쓸 사진을 찾았다. 영정사진으로 찍어 둔 사진이 안방 벽면에 걸려 있었지만 왠지 그 사진은 싫었다. 사진 속 아버지가 기운 없고 생기가 없었다. 엄마는 25년도 더 된 아버지 사진을 영정 사진으로 쓰고 싶다 하셨지만 내가 볼 때는 그 사진도 별로였다. 사진 속 아버지는 너무 젊었다.

나는 아버지의 대학 졸업 사진을 영정 사진으로 쓰고

싶었다. 아버지는 53세에 원광대학교 철학과에 입학했다. 졸업 사진 속에서 아버지는 셔츠에 정장 상의를 입고 있고 45도쯤 몸을 틀어 카메라를 바라보고 있었다. 나는 아버지의 웃을 듯 말 듯한 그 표정이 좋았다.

그 사진은 한동안 벽에 걸려 있었는데 언제부터인지 사라졌다. 사진은 쉽게 찾아지지 않았다. 여기저기 한참을 찾아도 보이지 않자 점점 초조한 마음이 들었다. 그만 포기할까 하다 의자를 밟고 올라가 책장 위를 더듬어 보았다. 먼지와 함께 손에 뭔가가 잡혔다. 그 액자였다.

액자 프레임이 부서져 있었다. 아마도 그래서 치워 놓은 모양이었다. 그래도 사진은 멀쩡했다. 사진 속 아빠의 모습은 내 기억대로였다. 나는 사진을 얼른 내 품 안에 넣고 장례식장으로 출발했다.

장례식장에 도착한 뒤부터는 선택의 연속이었다. 슬퍼할 새가 없었다. 큰 호실에서 할지 작은 곳에서 할지, 육개장을 할지 북엇국을 할지, 떡은 무엇으로 할지 선택해야 했다. 연이은 선택들에 혼란스러울 때쯤 엄마가 병원에서 돌아가신 아버지와 함께 장례식장으로 왔고, 언니와 오빠가 연이어 왔다.

나는 상복으로 갈아입고 늦은 아침을 먹었다. 입이 깔깔하고 밥이 잘 넘어가지 않았다. 나는 국물에 밥을 적셔 몇 수저 뜨고 일어나 커피를 마셨다. 새벽 4시부터 폭풍같이 밀려왔던 모든 일들이 꿈처럼 아득하게 느껴졌다.

제단에 꽃이 장식되고 아버지의 영정 사진이 놓였다. 우리 가족은 제단 앞에 모였다.

"저게 언제 적 사진이냐. 어째 처음 보는 것 같다."

"우리 아부지 멋지네."

엄마와 언니가 한마디씩 했다.

"경아야, 사진 잘 골랐다. 저게 아버지 표정이었는데……. 그동안 잊어버리고 있었네."

오빠는 한참 아버지 영정 사진을 봤다.

아버지는 69세 때 뇌출혈로 쓰러지셨다. 이후 걸음은 점차 느려졌고, 말도 어눌하고, 표정에 생기가 사라졌다. 그리고 확 늙으셨다. 우리는 아버지가 아픈 6년 동안 아픈 모습만 봤다. 그러다 아버지의 옛날 사진을 보니 진짜 아버지를 만난 것 같았다.

장례지도사가 앞으로 어떻게 장례 절차가 진행될지 우리 가족에게 설명해 주었다.

오빠가 물었다.

"아버지를 언제 볼 수 있을까요? 마지막 인사를 못 했는데 …… ."

"내일 아버님과 마지막 작별할 수 있는 시간이 있습니다. 지금은 아버님을 보시지 않는 게 낫습니다. 마지막 모습이 흐트러져 있으면 그 모습이 계속 남거든요. 내일 제가 다 씻기고 정돈해 드릴게요. 그때 보세요."

우리는 고개를 끄덕였다. 오빠뿐 아니라 나 역시 아버지와 마지막 인사를 나누지 못했던 터였다.

이후 장례식 내내 바빴다. 아버지를 그리워하고 슬퍼할 시간이 없었다. 막내인 나는 온갖 심부름을 해야 했다. 무너져 내릴 것 같은 엄마도 챙기고, 지루해하는 조카들과 내 아이들도 챙겨야 했다. 제단에 놓인 향이 꺼지지 않도록 지켜보고 조문객이 오면 절을 했다. 원불교 식으로 장례를 치르다 보니 하루 두 번씩 원불교 교무님과 예배도 드려야 했다.

이 모든 일이 실제로 일어나고 있지만 아버지가 돌아가셨다는 사실을 피부로 느끼기는 어려웠다. 아직도 병원 침대에 누워 계실 것 같은데. 나는 여기서 뭘 하고 있을까 하는 생각이 문득문득 들곤 했다. 하지만 이런 생각은 아버지의 시신을 염하는 과정을 보고 모두 사라졌다.

수의를 입고 누워 계신 아빠를 보니 아버지가 진짜 세상과 이별했다는 것이 가슴 깊이 느껴졌다. 아버지의 얼굴은 더없이 평온했다. 내가 늘 봐왔던 표정이었다.

아버지와의 마지막 작별인사를 했다. 나는 살아서는 한 번도 해 드리지 못한 말을 했다.

"아버지, 사랑해요. 이제 좋아하는 운전도 하고 맘껏 돌아다니세요. 엄마는 잘 보살펴 드릴게요. 걱정 마시고 훨훨 날아가세요."

식구들 한 사람 한 사람의 인사가 끝나자 아버지 얼굴에 삼베로 짠 주머니 같은 것을 씌웠다. 울음이 터져 나왔다. 우리가 우는 동안 장례지도사는 예쁘게 접은 삼베 조각들로 꽃을 만들어 아버지의 시신에 붙이고 끈으로 매듭 만드는 것을 반복했다. 그 사이에 우리가 쓴 편지를 삼베꽃 사이에 넣었다. 머리부터 발끝까지 수십 개의 매듭이 생겼다.

아버지가 태어나 죽을 때까지 있었던 수많은 일들의 마무리가 매듭이란 형태로 보여지는 것 같았다. 아버지와 나 사이도 이렇게 죽음으로 매듭이 지어지고 끝나는 것일까. 그렇게 한참을 묶고 나니 아버지의 시신은 고치처럼 보였다. 머리부터 발끝까지 노란 고치.

시신을 관에 넣고 나서 초제를 지냈다. 아버지를 뵙고 영정 사진을 보니 시신으로 만난 아버지가 생각나 더 슬프고 서러워 울음이 많이 났다. 절을 하며 엎드리는데 바닥으로 후두둑 눈물이 떨어졌다. 순간 내가 좋아하는 『꽃들에게 희망을』이란 책이 떠올랐다. 나비가 되기 위해 현재 자신의 형태를 버려야 하고 힘든 시간을 거쳐야 한다는 것을 알고 고민하는 애벌레의 모습.

마지막까지 아버지는 병원에서 고통스러워했다. 아버지 육체는 마치 애벌레 같았다. 아버지가 가신 후 염을 하며 삼베로 꽁꽁 묶은 아버지의 모습은 고치 같았다. 그리고 이제 하룻밤만 자면 아버지 육신은 불에 타 한 줌

재가 된다.

　어쩌면 이 모든 건 나비가 되기 위한 과정이 아닐까. 그렇다면 아버지는 내일 나비가 되어 날아오르겠구나. 이런 생각을 하니 눈물이 멈추고 슬픈 마음이 진정되었다.

　초제를 마치고 나서고 화장실로 가 세수를 했다. 밖으로 나가니 어제까지 왔던 비가 개이고 하늘이 푸르렀다. 나는 크게 숨을 들이마시고 다시 장례식장으로 돌아갔다.

아버지가 태어나 죽을 때까지 있었던

수많은 일들의 마무리가 매듭이란 형태로

보여지는 것 같았다. 아버지와 나 사이도

이렇게 죽음으로 매듭이 지어지고

끝나는 것일까.

나를 아끼는 방법

주미희

하루하루 좋아하는 것을 하며
살아가는 꿈의 정원사

청소를 하느라 아침밥을 먹지 못했다. 강아지 산책까지 마치고 나니 점심시간도 훌쩍 지나버렸다. 오랜만에 라면 생각이 났다. 냉동실에 있던 떡국 떡을 찾아 넣고, 콩나물도 조금, 계란도 한 개 꺼냈다.

휴대폰의 멜론 앱을 켜고 음악을 골랐다. 요즘 듣기 시작한 클래식의 한 장르인 네오 클래식 모음곡을 틀었다. 잔잔하면서도 편안한 곡들이 흘러나왔다.

인덕션에 물을 올렸다. 물이 끓는 동안 거실 테이블에 식탁 매트를 깔고 숟가락과 젓가락을 가지런히 놓았다.

보글보글에서 부글부글. 물이 끓었다. 서둘러 라면과 수프를 넣었다.

면이 조금 풀어질 즈음 떡, 콩나물, 계란을 차례로 넣었다. 면발을 몇 번씩 들었다 났다 하며 익혀 하얀 면기에 옮겨 담았다. 찰랑찰랑, 국물이 넘칠 듯하다. 아슬아슬하게 그릇을 들고 거실 테이블로 가서 앉았다.

왼손엔 숟가락, 오른손엔 젓가락을 들었다. 라면 몇 가닥과 떡을 집어서 숟가락에 얹어 입 안에 넣었다. 앗, 뜨거! 나도 모르게 소리가 나왔다. 그래도 쫄깃쫄깃 씹히는 맛이 좋았다. 나는 천천히 최대한 여유 있게, 비록 라면을 먹고 있지만 아름다운 음악을 들으며 고급 음식을 먹듯 우아하게 먹었다.

2년 전만 해도 이렇게 혼자 먹는 밥을 차려 먹는 내가 아니었다. 식탁에 앉아 휴대폰을 보면서 라면을 냄비째 빠른 속도로 먹어치웠다. 마치 푸드파이터라도 된 듯.

하지만 2년 전, 동네 친구 집에서 라면을 먹는데 그녀는 라면을 예쁜 그릇에 담고, 김치와 여러 밑반찬 들을 각각의 접시에 담아 가지런히 차렸다.

"그냥 대충 냄비 놓고 접시에 덜어 먹자. 내가 손님도 아닌데 왜 이런 수고를 해?"

설거지거리가 늘어날까 대충 먹자는 나의 말에 그녀는 이렇게 말을 했다.

"혼자 먹을수록 대접하듯 정갈하게 차려 천천히 먹어야지. 내가 나를 아껴야지, 누가 나를 아껴 주겠어."

나는 순간 한 대 얻어맞은 느낌이 들었다. 나를 대접하다니! 나를 아끼다니!

결혼 전엔 늘 엄마가 차려주는 밥상을 아무 생각 없이 받아먹었고, 결혼 후 아이를 낳으면서는 언제나 서서 먹거나 국물에 말아 후룩 먹어 치워버렸다. 육아에, 집안일에 늘 쫓기며 산다는 것이 핑계라면 핑계였다.

친구네 집에서 돌아온 나는 이튿날부터 나 혼자 먹을 밥상을 차리기 시작했다. 예쁜 그릇에 밥을 담고, 예쁜 접시에 반찬을 담았다. 그렇게 차린 밥상을 후딱 먹어 치울 수는 없었다. 자연스럽게 천천히 먹게 됐다. 내가 우아한 사람이 된 것 같았다.

나는 그런 느낌을 계속 갖고 싶었다. 그렇게 하기 위

해 무엇을 어떻게 하면 좋을까. 나는 우선 나를 살피기 시작했다.

나는 어느새 짜증 많은 아줌마가 되어 있었다는 것을 깨달았다. 아이 탓과 남편 탓을 하면서, 아이가 뭘 못하면 엄마인 나를 자책하면서.

내 아이의 속도는 다른 아이들의 속도보다 느렸다. 그런 사실을 잊은 채 나는 늘 조급했다. 아이가 잘하는 것보다 못하는 것에 집중했고 강요했다. 정서적인 면을 중요시해야 하는 것을 알면서도 학습을 우선으로 했다.

문제집을 풀게 하고, 틀린 이유를 묻고, 화를 내고. 아이와 나는 하루하루 지쳐가고 있었다. 속도 느린 내 아이가 공부라도 좀 하는 아이로 만들고 싶었다. 그런 마음이 아이를 닦달하게 했고, 결국엔 아이를 쳐다보는 것조차 어려워졌다.

나는 남편에게 하소연을 했다. 아침 일찍 출근하고 늦게 퇴근하는 남편에게 나의 하소연은 들리지 않았다. 그걸 알면서도 들어주지 않는 남편을 야속하게 생각하며 또 하소연을 해댔다. 쉬는 날이 토요일 하루뿐인 남편은 집안일에 관심을 둘 틈이 없다. 그런 상황을 알면서도 나는 끊임없이 나 힘들다고, 나 좀 봐달라고 했다. 남편도, 나도 힘들었다.

해결 방법은 딱히 없었다. 유일하게 나를 해결해준다고 생각한 것이 술이었다. 술을 마시면 스트레스가 풀리는 것 같았다. 그러다 보니 매일이 술이었다. 소주 한 병을 마셔도 끄떡없었다. 술을 마시는 순간은 좋았다. 하지만 이튿날 몸이 피곤하니 다시 짜증을 부리고, 마음이 안 좋으니 저녁엔 술을 마시는 악순환이 계속되었다.

그렇게 아이와 남편을 들볶다 운동을 시작했다. 서른 아홉 살 때였다. 다가올 40대가 문득 두렵기도 했고, 마침 동생 결혼을 앞두고 있기도 할 때였다. 오랜만에 만날 친인척 앞에서 날씬한 몸을 보여주고 싶었던 나는 먹을 것을 줄이고 운동을 다녔다. 일주일에 다섯 번 혹은 여섯 번, 거의 매일 운동을 했다. 처음에는 몹시 힘들었으나 하다 보니 몸에 근육이 붙고, 유연성도 생겼다.

점핑보드에서 에어로빅 같은 여러 춤동작을 하고, 필라테스, 요가 등의 전신운동을 해내는 동안 출산 후 불어

난 10킬로그램의 살이 빠졌다. 서른아홉 인생의 쾌거였다. 한 달에 한 번 체크하는 인바디 결과는 몸무게에 집착하기보다는 근육량과 체지방 수치에 더 신경을 쓰이게 했다. 단백질과 야채를 저절로 찾아 먹었다. 그러니 체중은 빠지고 몸이 건강해질 수밖에. 남편도 적극 응원해줬다.

그런데 신기한 것은 운동을 하면서 나의 마음도 건강해지기 시작한 것이다. 아이를 다른 아이와 비교하지 않고 있는 그대로 바라보고 있었다. 아이가 좋아하는 것을 함께하고, 내가 좋아하는 것을 아이와 함께했다. 그리고 무엇보다 나를 위한 시간을 가졌다. 독서 모임에 참가하고, 글쓰기 수업을 하면서 나를 들여다보기 시작한 것이다. 아이에게만 집중하던 시선이 나에게로 돌려지고 보니 어느새 남편에게 짜증을 내지 않고 있었다.

나이 마흔이 되어서야 나는 나를 바라보고 있다. 오롯이 나만의 시선으로 나를 바라본다. 나에 대한 믿음이 단단해지고 있다. 나를 아끼며, 나에 집중하는 시간. 그것이 나를 살리고, 가족을 살린다는 것을 이제 조금 깨닫는다. 그리고 이렇게 살아가는 내가 좋다.

나의 사랑하는, 나의 루이

이재영

언제가 생각했던 모든 꿈을
이루고 싶은 몽상가

첫 애완견은 아니었다. 그 친구의 이름은 루리. 나는
어릴 때 강아지나 고양이를 키우고 싶었다. 그러나 아파
트에 살았기에 부모님의 반대로 키울 수 없었다.

고등학교 때 학교를 살던 곳에서 조금 멀리 가게 됐
다. 부모님은 전원주택으로 이사를 하셨고, 집에는 넓은
마당이 생겼다. 부모님은 그렇게 내가 소원하던 강아지
를 들이셨다. 진돗개 블랙탄이었다. 나는 이름을 루리라
고 지었다. 같이 산책도 나가고 '앉아', '기다려' 등 훈련
도 시켰다. 가끔 힘든 일이 있을 때 루리를 안고 울기도

했으며, 신나는 일이 있으면 같이 달리기도 했다.

어느 날 마당에 풀어놓은 루리가 보이지 않았다. 가끔 담을 넘어 산으로 갔다 금방 돌아왔으므로 잘 찾아오겠지, 하고 기다렸다. 그러나 해가 저물고 어둠이 찾아왔는데도 루리는 보이지 않았다. 예감이 좋지 않았다. 그래도 들어오겠지, 생각했다.

그러나 루리는 돌아오지 않았다. 아침까지. 나로서는 처음 느껴보는 감정이었다. 힘든 감정을 어떻게 표현해야 할지도 몰랐다. 펑펑 울었고, 울면서 잠이 드는 하루하루였다.

루리는 우리와 사는 2년 동안 두 번 출산했었다. 언제 그렇게 됐는지도 모르게 임신을 하곤 했는데, 산을 타고 집에 들어온 개들과 그리 됐겠거니 생각했다. 루리가 낳은 아이들은 모두 분양을 하고 한 마리만 남겨 뒀는데, 루리가 나간 후 그 한 마리에게 루리의 이름을 주었다.

얼마 후 아버지가 지인에게 강아지를 분양받아 오셨다. 태어난 지 2개월밖에 안 된 진돗개였다. 나는 그 강아지에게 루이라는 이름을 붙여줬다.

루이는 황토색 털을 가졌고, 햇빛에 비칠 때에는 가끔 황금색으로도 보이는 품위 있는 개였다. 애교는 별로 없었으나 내가 다가가면 일어나서 다가와 주었고, 쓰다듬어 주면 지그시 나를 바라봐 주었던 멋진 아이였다.

군대 가서 휴가 나왔을 때 루리는 펄쩍펄쩍 뛰고 배를 뒤집고 야단을 쳐도 루이는 나에게 깊이 반가운 눈길을 보내곤 했다. 루리도 좋지만, 나는 이런 루이가 정말 좋았다. 친구이자 가족이었다.

지난 초겨울이었다. 지금 사는 집은 담이 없고 산과 이어져 있어 루리와 루이는 목줄을 하고 각각 떨어져 지냈다. 아이들이 처음부터 아이들이 목줄을 한 것은 아니었다. 땅을 파고 울타리 밖으로 나와 동네 사람들로부터 원성을 사자 부모님께서는 부득이 목줄을 맨 것이었다.

이런 아이들의 모습을 안타깝게 본 이웃 어른이 중성화수술을 적극 권했다. 중성화수술을 하면 비록 울타리 안에서 목줄을 하고 있어도 둘이 놀 수 있다는 것이었다. 나이가 좀 있어서 조금 걱정을 했지만, 부모님은 이웃 어른이 소개한 전문가에게 두 아이를 맡기기로 했다.

아이들이 수술을 받던 날, 나는 잠깐 밖에 나갔다 저녁에 돌아왔다. 돌아오니 아이들은 수술을 받고 돌아와 있었다. 루리는 마취가 덜 풀린 듯 몽롱했지만, 그래도 왔다 갔다 하면서 정신을 차리고 있었다. 사람도 전신마취가 풀렸을 때 어벙벙하게 걸어다니고 헛소리를 하는 것처럼 루리도 조금 어색하게 걸어 다니고 주변을 자꾸 둘러보는 모습이 너무 귀엽고 사랑스러웠다. 조금 정신이 깬 후 나를 보며 힘든데도 꼬리를 흔들어주고 나에게 기대곤 했다.

그렇게 루리와 함께 있으면서 루이가 깨어나기를 기다렸다. 1시간이 지났을까? 뭔가 이상했다. 분명 루리는 일어났는데 루이는 계속 누워 있었다. 몸을 만져보니 아까처럼 따뜻하진 않았지만 그래도 따뜻했다. 불안한 마음에 부모님에게 물어보았지만 의사 선생님이 숫놈이라 깨어나는 데 시간이 조금 걸릴 수 있다고 기다려 보라고 했다고 했다.

해가 저물고 사방이 캄캄했다. 분명 괜찮다고 하는데 눈물이 조금 났다. 혹여나 못 일어나면 어떡하지라는 생각 때문에 급속도로 우울해졌다. 날이 추워지면서 손발이 덜덜 떨렸다. 루이 몸이 조금 차가워졌는데도 날이 추워서 그런 거지 하며 스스로를 달랬다. 그러면서도 드는 생각은 내가 이 정도로 추운데 지금 누워 있는 루이는 깨어나면 얼마나 추울까라는 생각이 들어 계속 쓰다듬어 주면서 곁에 있었다.

루이의 손과 발은 찼다. 관절을 접어 보니 아까보다 안 접히는 것 같았다. 사람이든 동물이든 죽으면 몸이 경직되어서 딱딱해진다는데……. 그래도 설마 하며 기다렸다. 아버지는 일 때문에 나가셨고, 엄마 역시 수업이 있어서 함께 있지 못했다.

얼마나 지났을까. 엄마가 수업을 마치고 뛰어나와서는 갑자기 울음을 터뜨렸다. 그리고는 의사 선생님을 소개한 분에게 전화를 걸었다. 그분은 바로 차를 타고 오셨다. 그리고는 루이의 몸을 만져보더니 왜 이 지경이 되도록 전화를 안 했느냐라며 소리를 지르셨다. 나는 뭐지? 왜 화를 내시지? 이렇게 느끼는 순간, 그분은 살 수 있었는데, 하면서 엉엉 우셨다.

그제야 상황 파악을 한 나는 조금씩 나던 눈물이 주르륵 흐르며 식도가 답답해지기 시작했다. 그분은 루이를 끌어안으시면서 "내가 미안해. 정말 내가 미안해. 우리 착한 아이, 어떡해. 내가 미안해."라며 누워 있는 루이에게 말했다.

죽었구나. 정말 루이가 죽은 거구나. 흉부가 아팠다. 정말 마음이 아프다는 것이 정신적인 게 아닌 실체로 나타났다. 위에서 뭔가 역류하는 느낌이었다. 루이에게 미안했다. 한 번만이라도 더 짖는 걸 듣고 싶고, 뛰어다니며 헥헥거리는 걸 보고 싶은데 그런 루이의 모습을 이제 볼 수가 없다고 생각하니 가슴 가운데가 아팠다.

나는 루이가 죽어가는데 옆에서 뭘 했던 걸까. 혼자 안심하고, 혼자 달래면서 옆에 있었지만 핸드폰이나 하고 있었던 내가 소름 끼치도록 미웠다. 내가 사랑하는 아이에게 가장 힘든 순간 아무런 도움이 되지 않았다는 게 나를 미치게 만들었다.

그때부터는 기억이 잘 나지 않는다. 아무것도 눈에 보이지 않고 컴컴했다. 기억이 필름 지나가듯 뚝뚝 끊겨 있다. 그저 너무 힘들었다는 것, 그것밖에 생각이 나지 않는다.

힘들어서 위로를 받고 싶어서 누군가에게 연락을 해도 정말 힘든 일이 있을 때는 누가 어떤 말을 해도 위로가 되지 않는다. 위로를 해주는 사람들이 정말 고맙긴 하지만, 그러나 진정 위로가 되지 않고 힘든 일을 상기시켜 오히려 또 슬픔에 잠긴다. 특히 시간이 지나면 괜찮아진다는 말이 정말 야속하게도 싫다. 누가 모를까, 시간이 지나면 괜찮아진다는 것을. 맞는 말이다. 시간이 지나면 괜찮아진다. 그래서 다행이다. 그래도 한편으로 괜찮아지는 시간은 두렵다. 루이가 떠난 지 6개월이 지났다.

누가 모를까, 시간이 지나면
괜찮아진다는 것을. 맞는 말이다.
시간이 지나면 괜찮아진다.
그래서 다행이다. 그래도 한편으로
괜찮아지는 시간은 두렵다.
루이가 떠난 지 6개월이 지났다.

나의 특별한 노후 준비

박미선

나답게 나이 들어가는 나를 응원하는,
여전히 여자가 어려운 산부인과 의사

큰언니가 용인에 있는 한 시골책방을 소개했다. 그러나 꽤 거리가 멀어 좀처럼 엄두가 나지 않았다. 그러다 지난해 10월 어느 날 그 시골책방을 찾아갔다. 역시나 멀었다. 책을 사러 굳이 다시 가기가 쉽지 않을 듯했다. 그런데 입구에 붙어 있던 '에세이 수업'을 한다는 공지가 간간이 생각났다. 특히 에세이 수업에 관한 블로그 소개 글에 '치유'라는 단어가 은근히 나를 끌어당겼다.

시골책방을 다녀온 지 두 달쯤 지난 12월, 나는 용기를 냈다. 그리고 생전 처음 에세이 수업에 참여했다. 그러나 나의 고질적인 '만연체' 덕분에 글쓰기 초반부터 고전을 면치 못했다. 어느 시점부터인가 선생님의 칭찬과 격려로 조금씩 용기를 내서 글을 쓰고 있었지만, 글쓰기는 여전히 쉽지 않은, 나 자신과의 싸움이 되어가고 있었다.

그러다 4월부터 수업료를 인상한다는 공지가 떴다. 미리 언급이 있었음에도 불구하고 막상 공지사항을 읽는 순간 내가 에세이 수업을 그만둬야 할 이유들이 마구 떠올랐다.

'에세이 수업을 시작한 후 생활 리듬이 깨져버렸어.'

'글쓰기에 너무 욕심을 내고 있는지도 몰라.'

'에세이 수업 때문에 화실 수업도 한동안 가지 못했어. 에세이 수업을 그만두면 다시 그림을 그릴 수 있어.'

'집에서 책방까지 무려 60킬로야. 왕복 120킬로, 3시간. 장거리 밤 운전도 너무 힘들어. 뿐이야? 기름값은 또 어쩌고.'

그러고 보니 내가 그만둘 이유는 너무나 많았다. 그리고 3월 마지막 목요일. 나는 내심 마지막 수업이라고 생각하고 참여했다. 그리고 선생님께서는 여러 가지 형편상 다시 수업을 듣기가 쉽지 않을 것 같다고 말씀드렸다.

마지막 수업이 끝난 후 함께 수업을 듣던 이들과 제대로 인사를 나누지 못하고 헤어졌다. 그런데 집에 돌아오는 내내 시원섭섭한 감정이 아닌, 섭섭한 마음만 가득했다. 나도 이해하지 못할 감정들이었다.

'이젠 글을 읽는 동안 누구보다 민첩하게 휴지를 뽑아들고 안경 밑으로 눈물을 훔치는 선생님의 모습을 볼 수 없겠구나.'

'자신의 글을 읽은 직후 다른 사람이 소감을 말하기도 전에 '여기 이 부분, 너무 슬프지 않아요?'를 연발하는 S 선생님 모습이 벌써 그립네.'

'늘 가족과 다른 사람에게 한없이 베풀기만 하는 E 선생님. 정말 잘하셨어요, 복 받으실 거예요라고 말해줄 걸.'

'늘 바쁜 일정에 쫓기면서도 열심히 글을 쓰고, 누구보다 여유 있는 템포와 낭랑한 목소리로 자신의 글을 읽는 H 선생님. 그녀에게 글을 참 잘 읽는다, 그래서 좋은 글에 더 빠져들게 된다라고 말해줬음 좋았을 텐데.'

'K 선생님의 랩 섞인, 다소 도발적이고 유쾌한 낭독에 또다시 함박웃음을 터뜨릴 수 있을까.'

'글쓰기 수업에 함께 참여하는 사춘기 딸과 어머니, 그들에게서 색다른 배움을 얻을지도 모르는데.'

내 안에서는 이런 아쉬운 목소리가 계속 들려왔다. 그러나 머리로는 무슨 소리야, 이젠 그만 두기로 했잖아, 하는 생각이 가득했다.

드디어 달이 바뀌어 4월이 되었다. 이번 주에 수업을 가야 하나, 말아야 하나. 나는 여전히 갈팡질팡이었다. 내가 끙끙 앓듯 글쓰기를 힘들어 하면서도 글쓰기와 쿨하게 작별하지 못하는 이유는 무엇일까. 분명 그 이유가 있을 듯했다. 나는 글쓰기를 계속한다면 훗날 나에게 어떤 이점이 있을까 정리해보기로 했다.

첫째, 글쓰기는 내 삶, 궁극적으로 나 자신에게 스스로 용기를 준다. 나는 에세이 수업에 참여해 가족 이야기를 쓰기까지 많은 용기가 필요했다. 용기란 타인의 시선에 대한 용기가 아니라, 나 자신에게 당당한 것이었다. 스스로에게 언제든 괜찮다고 말할 수 있는 용기였던 것이다.

둘째, 그렇게 내 삶을 용기로 차곡차곡 쌓다 보면 내 자존감도 향상될 것이다. 나는 생각보다 자존감이 약했다. 그걸 인정한 후 나는 자존감을 회복하고 싶어졌다. 글쓰기를 계속하다 보면 자존감 회복이라는 내 인생의 목표를 달성할 수 있을 것이다.

셋째, 글쓰기를 하면 어쩔 수 없이 좀 더 깊이 생각하게 된다. 따라서 필연적으로 삶이 깊어진다. 돌아보면 그동안 학업이나 업무와 관련된 일 외에는 깊이 생각하지 않고 살아왔다. 그런데 글쓰기를 시작하면서부터 때론 쥐어짜듯 사고해야 하는 훈련도 필요함을 알게 되었다.

넷째, 깊이 있는 사고를 하다 보면 내 삶에 더욱 감사하며 현재를 살게 된다. 예컨대 내가 가족에게 받은 사랑을 구체적으로 기억하고 떠올리면서 그 감사함의 농도가 깊어졌다. 잊고 살았던 것들이 글을 쓰면서 기억으로 떠올라 때때로 나를 뭉클하게 했고, 내가 얼마나 큰 사랑을 받아왔는지 실감하게 되었다.

다섯째, 글쓰기는 내가 받은 사랑을 보답할 수 있는

나만의 선물 상자다. 비록 잘 그리지는 못했지만 큰언니에 대한 감사의 마음을 직접 그린 그림에 담아 선물했듯, 언젠가 작은언니에 대한 고마움을 글로 써서 선물하고 싶다.

이렇게 내 생각을 정리해갈 무렵, 큰언니에게서 문자가 왔다. '여러가지로 힘들겠지만 나는 네가 글쓰기를 계속했으면 해.' 언니의 문자는 내 생각을 정리하는 데 마침표를 찍게 했다. 나는 선생님께 문자를 보냈다. '2주 동안 일이 있어서 참가할 수가 없어요. 2주 후에 다시 수업에 참여하겠습니다.'

그러자 마음이 편해졌다. 지금 혼자인 내가 노후에도 혼자일지 어떨지 알 수 없다. 그러나 늙어가면서 노트북 앞에서 자판을 두드리며 살아가는 나를 그려본다. 나와 주변을 돌아보고 현재에 감사하는 삶. 지금의 글쓰기는 보다 특별한 나의 노후준비임이 틀림없다.

샤르코 마리 투스입니다만

강인성

적당히 느긋하게,
적당히 열심히 사는 글쟁이

발병 연령이 중요하기 때문에 질문을 하면 환자분들도 기억을 더듬으며 어릴 때부터 잘 넘어지고, 같은 또래의 친구들보다 빨리 뛰지 못했으며, 운동에 대한 재주가 별로 없었고, 발가락으로 걸었거나, 발 모양이 이상해서 신발 고르는 것이 어려웠다고 회상하곤 합니다. 안타깝게도 샤르코 마리 투스병 환자들은 어릴 때 걸음걸이가 이상하고 운동이나 필기가 서투르며 단정치 못하게 보여 놀림 받기 쉬울 수도 있습니다. - 최병옥, 최영철. 2011.02.28. 샤르코 마리 투스병(환자를 위한 의학 노트) 30pg. 출판사 : 이화여자대학교출판부

어쩐지, 이상했다. 운동회 달리기 시합에선 내 뒤에 한 명이라도 있다는 사실에 안도했었다. 슬리퍼를 신고 뛸 때면 왠지 모르게 앞축이 접혀 맥락 없이 넘어지는게 일상이었다. 배드민턴을 칠 때엔 분명 맞은 공이라 생각한 공이 내 채를 지나 바닥으로 떨어지곤 했다. 축구를 할 때면 분명히 내 발에 맞아 쭉 나아가야 할 공이 알 수 없는 공간으로 날아가곤 했다. 분명 난 문제없이 걸었는데 사람들은 간혹 발이 아프니? 하고 물어보곤 했다. 세상에 이상한 일 투성이었지만 그때마다 나는 웃으며 넘어가곤 했다. 내겐 그 방법밖에는 없었다.

샤르코 마리 투스병. 유전성 운동 및 감각 신경 감각 병증이라고도 불리는 이 병은 유전병이다. 세상은 모두 원인과 결과로 이루어져 있다지만, 그 중에서도 가장 억울한 인과가 있다면 그 중 하나는 유전병일 것이다. 그 원인은 나의 잘못도, 나의 어머니의 잘못도, 나의 어머니의 어머니의 잘못도 아니었다. 그냥 어쩌다 어쩌다 우연히 잘 살아남게 되어 유전자를 전해주었을 뿐이다. 2,500명 중 한 명 꼴로 있는 이 유전자는 1994년 3월 내게로 오게 되었다.

그 유전자가 어떤 놈인지 아주 쉽게 설명하자면 이렇다. 우리의 신경세포는 줄줄이 소세지와 같이 생겼다. 그리고 신경 전달은 그 줄줄이 세포를 하나씩 뛰어넘으며 전달된다. 그러나 나의 유전자는, 특히 운동 및 감각 신경세포 부분에서 그 줄줄이 세포가 뜨문뜨문 하나씩 없다. 그러니 신경 전달이 남들보다 반에 반 박자씩 느릴 수밖에 없는 것이다. 대표적인 증상으론 다리가 안쪽으로 휘는 X자 다리와 아치가 심하게 형성된 발 모양이 있다.

내가 이 병의 존재를 알게 된 건 5년 전 23살 때이다. 그 전까진 배드민턴을 못 치고, 축구를 못하고, 자주 넘어져도 그저 운동신경이 타고나지 못해서이겠거니 하며 살아왔다. 23살이 되던 해 1월, 나의 사촌형은 웬 이상한 병으로 군대를 면제 받고 발뼈를 성형하는 큰 수술을 했다. 그때까지도 나는 그 병이 내 병이 될지 전혀 모르고 있었다.

그러다 그 병이 모계로 전해지는 유전병이라는 걸 알았을 때, 정도의 차이가 있을 뿐 나의 발 모양도 사촌형의 발모양과 비슷하다는 걸 알았을 때, 그걸 알고 본 어머니의 발은 이미 심하게 구부러져 있음을 발견했을 때, 모든 정황이 나도 그 유전자를 가지고 있음을 향했을 때, 그때, 어머니는 함께 서울대학교 병원에서 검사를 받아 보자고 하였다.

검사 결과가 나왔다. 나와 어머니 모두 샤르코 마리 투스병 환자였다. 너무나 예상하고 있어서 놀랍진 않았다. 다만, 불치병이라는 이유로 군 면제를 받는다는 사실이 조금 신기하고 기뻤을 뿐이다. 돌이켜보면 그렇게 엄청 기쁘지도 않았던 것 같다. 그렇게 나는 23년의 운동신경 조금 나쁜 사람의 삶을 끝내고 샤르코 마리 투스병 환자로서의 삶을 시작했다.

하지만 내 삶은 전혀 달라지지 않았다. 운이 좋게도 나는 증상이 심하지 않은 편이었다. 겉으로 봤을 땐 멀쩡한 나와 다르게 이 병은 우리 어머니에게서 훨씬 더 강하게 존재감을 드러냈다. 다리는 어느덧 눈에 띄게 많이 휘어 있었다. 손은 점점 끝까지 펴는 게 어려워지고 있었고, 발 모양 또한 심하게 구부러져 있었다. 모두 샤르코 마리 투스병의 대표적인 발병 현상이다. 그런 어머니는 조금만 걸어도 무릎에 통증을 호소하였고 병뚜껑 따는 것도 어려워했다. 설상가상으로 미약해지는 신경 전달은 어머니 손에 지독한 습진마저 안겨주었다. 그 증상과 통증이 나타날 때마다 어머니는 습관적으로 이렇게 말하셨다.

"샤르코 마리 투스라 그래."

어머니가 그렇게 말을 할 때마다 나는 그 병이 마치 나와 어머니의 한계 지점을 결정 짓는 단어처럼 느껴졌다. 그딴 병 같은 건 하나도 중요하지 않아! 라고 하고 싶어도, 어머니가 그 병으로 점점 약해지고 고통받는 건 사실이었다. 그리고 많은 순간 내 인생의 방향을 결정짓던 중요한 요소이기도 하였다.

병의 존재를 알게 되고 몇 달 후. 동아리에서 풋살(축구의 미니게임 느낌의 종목) 유니폼을 드디어 맞추기로 했다. 축구도 못하는 놈이 무슨 유니폼이냐 하겠지만, 착한 우리 동아리 사람들은 풋살이든 족구든 나를 늘 깍두기처럼 끼워주곤 했다. 나 스스로도 구기종목을 너무너무 못하는 걸 알지만 그들에게 감사해하며 늘 성심껏 참여하곤 했다.

풋살이나 족구를 할 때 나만의 생존방식이 있다. 첫째, 무조건 웃으며 즐길 수 있는 게임에만 참여한다. 대항전을 한다든가 할 때처럼 중요한 순간엔 절대 나서지 않고, 참여하라고 해도 먼저 거부의사를 표시한다.

둘째, 최선을 다한다. 못한다고 절대 소극적이거나 부정적인 모습은 보이지 않는다. 대부분 수비 포지션, 혹은 가장 공이 가지 않는 포지션을 맡는데, 그렇다고 절대 게임을 대충하지 않는다. 못한다는 소리를 들어도 기죽지 않는다. '못하는데 어쩌라고. 끼워주질 말든가'라는 마인드로 무조건 열심히 뛴다.

셋째, 이게 가장 중요하다. 쉴 새 없이 떠든다. 끊임없이 상대편을 도발하게 하고 우리 팀엔 파이팅을 불어넣는다. 또한 매 순간 집중하며 웃길거리를 찾아 틈만 나면 농담을 던진다. 나는 이걸 이른바 '아가리 축구', 혹은 '아가리 족구'라고 부른다. 다른 건 못해도 이거 하나만큼은 어디에서도 제일 잘할 자신이 있다. 동시에 나의 '못함' 자체를 웃음거리로 승화시켜 버린다. 이제 동아리 사람들은 내가 공을 잡을 때마다 이번엔 어떻게 웃길까 두근 거리는 수준에 이르렀다. 이게 내가 아무리 게임을 못해도 사람들이 나를 껴주는 이유이다. 그리고 이게 샤르코마리 투스병 환자의 생존방식이다.

그러니 당연히 유니폼을 맞출 때 나의 것도 함께 맞추기로 한 것이다. 유니폼을 맞추면 백 넘버와 백 네임도 자유롭게 정할 수가 있다. 백 넘버는 기수로 하기로 했고, 백 네임을 고심했다. 이 유니폼을 입었을 때 나의 정체성은 무엇인가. 결정했다. 길이 제한과 실제로 불렸을 때의 멋까지 모두 고려하여 나온 나의 선수명은, 'C. 마리투스(Marietooth)'였다.

이미 내 병을 알고 있던 동아리 사람들은 그 이름을 너무나 좋아했다. 그게 썩 그럴싸해 보였나보다. 그러더니 자신도 그 레퍼런스를 따고 싶다며 십자인대가 나간 한 선배는 C. 리가먼트(Ligaments)를, 조류공포증이 있는 후배 한 명은 C. 포비아(Phobia)로 해버렸다. 그래서 졸지에 자신의 정신적 육체적 문제점을 이름 삼은 C 삼형제가 탄생했다.

그 유니폼을 입은 이후론 풋살을 하다 실수가 나오면 입으로 말하지 않는다. 그저 엄지로 내 백네임을 가리킨다. 그러면 다들 너털웃음을 보이고 등을 두들겨주며 게임을 재개한다. 그들은 그 엄지의 의미를 알고 있다.

나는 샤르코 마리 투스병 환자이다. 지금은 그럭저럭 괜찮지만 나이가 들수록 점점 다리는 휠 것이고, 손도 못 펼 것이며, 힘은 점점 약해질 것이다. 그래서 어쩌라고. 내 인생은 그것보다 훨씬 더 강력한 것들이 지배하고 있다. 나는 40일을 걸어야 하는 산티아고 순례길을 갈 것이다. 반드시 백스쿼트 기록 150kg을 달성할 것이다. 언젠가는 하프마라톤도 나가보고 싶고, 요가와 체조를 배워 내 몸을 자유롭게 움직이고 싶기도 하다. 내 안에 가능성과 자신감이 차고 넘치는 게 느껴진다. 분명 남들보다 조금 못하고, 조금 느릴 것이다. 어쩌면 불가능해지는 순간이 올 수도 있다. 하지만 그때마다 내 유니폼의 백네임을 가리키던 엄지를 생각할 것이다.

"샤르코 마리 투스라 그래. 그래서 어쩌라고!"

손

고태연

미술 교습소 '그림과 아이들'에서
그림과 아이들의 닮은 점을 찾고 있는 화가

나는 1남 2녀 중 둘째로 태어났다.

엄마는 기분에 따라 나를 때렸다. 오빠는 공부를 잘
하고 학교 반장을 했었기 때문에, 동생은 말 잘 듣는 착
한 아이였기 때문에 맞지 않았다. 맞는 건 공부 못하는
나였다.

엄마는 나를 때리다 빗자루가 부러지면 검정색 고무
테이프로 빗자루를 칭칭 감아 다시 때렸다. 그래도 빗자

루로 맞는 것은 덜 아팠다. 제일 무섭고 아픈 건 긴 검정 고무줄 20개를 끝만 묶어서 채찍처럼 때리는 것이었다. 엄마는 나를 때릴 때 옷을 다 벗으라고 했다. 나는 조금이라도 늦게 맞으려고 옷을 천천히 벗어 한쪽에 개어놓곤 했다. 그러면 엄마는 고함을 질렀다. 나는 맞기도 전에 기가 질려 온몸을 덜덜 떨곤 했었다.

맞다가 맞다가 장롱 사이로 들어가 숨은 적도 있었다. 엄마는 그 틈으로 나를 때렸다. 더 구석으로, 아니 벽을 부수고 들어가고 싶었지만 엄마의 손이 나를 낚아챘다. 나는 방바닥에 나뒹군 채 맞고 또 맞았다.

나는 늘 어리둥절하는 아이였다. 눈치 보느라 크게 울지도 못하고 목 뒤로 힘겹게 울음을 꿀꺽꿀꺽 삼키는 아이였다. 울다 보면 나는 내가 왜 혼나는지를 잊곤 했다. 무엇을 잘못했는지 몰랐기 때문에 잘못했다는 말을 하지 않았다. 그러다 엄마와 눈이 마주치면 엄마는 말했다.

"독한 년, 나가 뒤져!"

어린 시절, 나는 엄마가 내 친엄마가 아니라고 생각했다. 친엄마라면 이렇게까지 나를 학대할 수 없다고 생각했다. 나는 진짜 내 엄마를 꼭 찾겠다고 생각했다.

중학생이 되자 엄마는 내가 귀신이 들렸다고 했다. 10월의 어느 날, 엄마는 귀신을 떼어내기 위해 제사를 지내러 절에 가자고 했다. 절은 북한산 꼭대기에 있었다. 제사 지낼 음식이 든 가방을 어깨에 메고 엄마를 따라 산을 올랐다. 앞장서서 올라가는 엄마의 뒷모습을 따라가다 문득 늘 멍한 상태인 것이 정말 귀신이 들려 그런 건가 생각했다.

얼마를 올라갔을까. 숨이 차서 더 이상 올라갈 수 없었다.

"엄마, 조금만 쉬었다 가면 안 될까?"

엄마 얼굴에도 땀이 줄줄 흐르고 있었다. 그런 엄마를 보자 미안한 생각이 들었다.

"엄마, 미안해. 나 때문에 힘들지?"

엄마는 말없이 나를 보더니 말했다.

"조금만 올라가면 되니까 얼른 올라가자!"

엄마도 힘들 텐데 쉬지 않겠다고 하자 나는 더 쉬자고

말할 수 없었다.

엄마와 나는 작은 절에 도착했다. 제사는 새벽 1시에 드린다고 했다. 저녁 공양 후 엄마와 설거지를 했다. 수도가 없어 약수터 물을 받아 설거지를 했는데, 더러운 물에 손을 넣고 열심히 설거지하는 엄마에게 미안했다.

절 주변은 이미 어두워져 주위의 사물들은 윤곽이 희미했다. 대추씨처럼 생긴 스님은 엄마와 나를 번갈아 바라보며 말했다.

"이런 제사는 스님이 하는 게 아니야! 하면 안 되는데 특별히 해주는 거야! 얼른 소복으로 갈아 입어!"

스님의 말이 너무 무서워 나는 더욱 주눅이 들었다. 엄마도 스님 앞에서 아무 말 없이 고개만 주억거렸다. 저녁 9시, 스님을 따라 엄마와 함께 산신각으로 올라갔다.

한 평 정도 되는 산신각에는 산신과 관세음보살, 그리고 호랑이가 그려져 있었다. 낯선 공기가 몸을 휘감았다. 산신과 관세음보살들에게 절을 올리고 다시 아래로 내려와 떡을 했다. 엄마를 따라 떡 시루에 하얀 쌀가루를 넣었다.

"제사가 잘 되면 떡이 잘 되고, 제사가 실패하면 떡도 안 될 거야!"

스님이 말했다.

"관세음보살관세음보살관세음보살 ……."

엄마는 떡시루와 솥단지 사이를 밀가루 반죽으로 메우면서 빌고 또 빌었다. 관세음보살 옆의 동자승들이 나를 보며 킥킥 웃었다.

"나무아미타불 관세음보살 ……."

스님의 염불이 시작되자 쿵, 쿵, 쿵, 내 주변의 모든 것들이 일제히 숨을 멈추고 나를 바라봤다. 머릿속이 하얘진 나는 허공을 나는 듯 숨이 멈추고 생각이 멈추었다. 그림자가 나를 덮치기라도 할 것 같아 온몸이 부들부들 떨렸다.

내 안의 어떤 것이 나를 뚫고 나올 것처럼 가슴이 아팠다. 숨쉬는 것조차 힘들어 나는 가슴을 쥐어뜯었다. 관세음보살 옆의 동자승들도 일제히 웃음을 멈추고 나를 노려보고 있었다. 스님의 염불 소리와 목탁 소리가 사방으로 울려 퍼졌다.

그때 검은 물체가 내게 다가왔다. 얼굴과 몸은 두껍고, 몸에는 여기저기 흉터가 있었다. 왼쪽 팔은 짧았는데 그에 비해 오른팔은 비정상적으로 길어 땅에 끌리고 있었다.

"여태껏 너랑 함께했는데……. 널 지켜 주는 건 나였어! 네 옆엔 내가 항상 있었다고!"

검은 물체가 나를 보고 원망하듯 말했다. 나는 두 눈을 꼭 감았다. 큰 죄를 지은 것 같아 견딜 수 없었다. 말을 하려고 했으나 입 밖으로 말이 나오지 않았다. 나는 있는 힘을 다해 말했다.

"미안해."

내가 엄마에게 그렇게 무섭게 맞을 때마다 내 옆에 있었던 친구, 내가 두려움에 떨 때마다 내 곁에 있어준 친구. 그가 나를 덮치려 하자 나는 있는 힘을 다해 "안 돼!" 하고 소리치며 힘껏 밀쳐냈다. 그러자 그가 말했다.

"나를 잊지만 말아 줘."

그리고는 흔적도 없이 사라졌다.

제사가 끝났다. 소복은 불에 타며 하늘로 높이높이 올

라갔다.

"떡이 잘됐다!"

엄마 얼굴이 환해졌다. 하얀 떡에서 하얀 김이 올라왔다.

나는 멍한 상태였다. 대웅전 옆 작은 방에서 엄마와 잠을 자면서도 나는 계속 중얼댔다.

"난 죽지 않아. 난 나야. 난 죽지 않아. 난 나야."

이튿날 아침이 되자 세상이 바뀐 것 같았다. 뭔가 쓸려나간 듯 가슴은 허전했고, 손 하나 까딱할 수 없었다. 머릿속의 부품들이 빠져나간 것 같았다.

집에 돌아와 TV를 켰다. 뉴스가 나오고 있었다. 40대 한 아버지가 열 살짜리 딸의 손버릇을 고치겠다고 나무에 매달고 하룻밤을 보냈는데, 아침에 딸이 죽어서 발견되었다는 소식이었다. 갑자기 그 이야기가 내 이야기 같았다. 어쩌면 나도 어젯밤 죽을 뻔했던 건 아닐까.

오랜 세월이 지난 지금도 나는 종종 내 팔뚝의 피부를

찢고 싶은 충동에 사로잡힐 때가 있다. 내 몸 안의 피를 다 쏟아내고 싶을 때가 있다. 그럴 때 난 산으로 간다. 산에 가면 나는 숨쉬기가 자연스러워진다. 힘이 세고, 건강한 사람처럼 느껴진다. 그리고 오래전 잃은 친구를 만난 것같이 좋다. 아직 내 안에는 엄마한테 맞는 어린아이가 있는 것이다.

엄마의 갯벌

신진우

엄마가 고파 마흔 중반에도 엄마를 쓰는,
글 쓰는 디자이너

엄마는 갯벌을 모두 파헤치려나 보다. 엄마는 바다가 좋다며 2년 전 변산 바닷가 근처에 집을 얻었다. 그리고는 갯벌에서 조개를 캔다. 엄마는 당신을 보러 온 나를 데리고 갯벌에 왔다. 엄마가 신던 장화와 여분의 호미를 내 손에 쥐여 주고, 엄마는 운동화를 신고 질퍽대는 갯벌로 들어갔다.

"구멍을 호미로 파면 조개가 탁하고 걸려. 캐도 캐도 나오니 얼마나 재밌다고. 너도 해봐."

엄마 옆에서 엄마처럼 조개를 캔다. 앞으로 앞으로 나

아가는 엄마. 엄마는 어느새 멀찌감치 떨어졌다. 오랜만에 보는 엄마의 뒷모습. 스판이 들어간 청바지에 남색 체크무늬 남방, 거기에 호주머니가 많이 달린 작업용 조끼. 옛날보다 엄마의 몸이 많이 작아졌다.

어느새 세 시간째다. 바람 부니 갯벌 냄새가 더 비릿하다. 호미 든 엄마 얼굴을 본다. 미간에 가득한 주름을 보니 엄마가 조개를 캐는 건지 미련을 캐는 건지 모르겠다. 날카로운 호미로 헤집고 다닌 갯벌을 보고 있자니 엄마가 살아온 삶을 그려놓은 것 같다. 엄마 삶의 흔적들이 갯벌 위에 가득했다. 물이 들어오면 갯벌이 흔적 없이 사라지듯, 엄마의 아픈 상처도 모두 쓸어가면 좋겠다.

그때 엄마는 마흔셋이었다. 다른 여자와 살림을 차린 아버지는 가끔 집에 왔다. 이혼해 달라며 엄마와 다퉜고, 몸싸움하다 엄마를 때렸다. 이혼은 하지 않겠다던 엄마는 아버지의 매질에 결국 이혼서류에 도장을 찍었다. 엄마가 집을 떠나는 날, 아버지가 우릴 데리러 올 거라 했다. 그리고 생떼를 써서 새엄마를 쫓아내라고 신신당부

했다.

그런데 며칠이 지나도 아버지는 오지 않았다. 4남매만 남아 아버지를 기다렸다. 큰언니는 새벽에 우리 밥을 차려놓고 회사에 갔다. 둘째 언니는 입시 준비로 아침 일찍 도서관에 갔다. 초등 5학년인 동생과 6학년인 나는 종일 집에 있었다. 겨울방학이었다.

한 달이 지나서야 아버지가 왔다. 하지만 아버지는 새엄마가 임신해서 힘들다며 공부하는 둘째 언니만 데리고 갔다. 그렇게 또 보름이 지났고, 아버지는 내 졸업식 전날 와서 동생과 나를 앉혀 놓고 단호하게 말했다.

"아버지랑 같이 살려면, 아버지 말 잘 들어. 아버지 집에 같이 사는 아줌마가 있어. 오늘 인사하러 갈 건데, 만나면 엄마라고 불러야 해. 아니면 아버지와도 살 수 없어."

우리는 네, 라고 말하며 고개를 주억거렸다. 아버지가 우리를 버리고 갈까 봐 너무나 두려웠다.

아버지 집에는 단발머리를 한 젊고 예쁜 여자가 있었다. 나도 모르게 인사를 했다.

"안녕하세요. 엄……마."

새엄마와 사는 것은 힘들었다. 때때로 새엄마는 나와 동생에게 매질을 했다. 특히 남동생은 말을 안 듣는다고 나무 빗자루로 거의 매일 맞았다. 뺨도 맞았다.

아버지가 출근하고, 언니들이 없는 주말이면 새엄마는 동생과 나에게 철수세미와 세제통을 주면서 계단 청소를 시켰다. 1층에는 편의점과 치킨집, 2층에는 미용실, 그리고 우리는 3층에 살고 있었다. 3층부터 1층까지 계단을 닦다 보면 손에 상처가 났다.

"에구, 너희들이 무슨 죄가 있다고, 새엄마가 하라든?"

하루는 2층 미용실 원장이 혀를 차며 말했다. 미용실 원장 아들은 남동생과 같은 반이었다. 그래서 그 집에서 자주 밥을 먹었다. 남동생을 통해 우리 형편을 비교적 자세히 알게 된 원장은 친엄마 연락처를 수소문해서 알아냈고, 우리의 형편을 엄마에게 고스란히 전했다. 엄마는 양육권 소송을 했고, 우리는 다시 엄마와 살게 됐다.

엄마와 헤어진 지 3년 만이었다. 엄마 나이 마흔여섯,

나는 중3이었다.

엄마는 당시 하고 있던 액세서리 가게를 접고, 방이 6개인 여관을 인수했다. 재고도 없고 방값이 모두 돈이 된다고 주변에서 권유했기 때문이다. 엄마는 새벽까지 손님을 받고 낮에는 방마다 돌아다니며 청소하고 이불을 빨았다. 여관에서는 낮 동안 세탁기 돌아가는 소리가 가득했다. 다행히 방은 늘 꽉 찼고, 엄마는 바빴다.

고1 방학식 날, 학교가 일찍 끝나 3시쯤 여관 문을 열고 들어갔다. 현관문에 달린 종이 딸랑거렸다. 종소리가 나면 엄마는 카운터 창문을 열고 손님을 맞았다. 그런데 웬일인지 창문이 열리지 않았다. 카운터 방문이 조금 열려 있었다. 엄마의 등이 보였다. 엄마는 소주잔을 들고 있고, 소주병에는 술이 반 병 정도 남아 있었다.

엄마가 술을 먹다니. 나는 책가방을 멘 채 그대로 문 앞에 서서 꼼짝을 할 수 없었다. 순간 엄마의 등이 흔들렸다. 어깨가 흔들렸다. 소리 내서 울 힘이 없는 건지 엄마의 울음에는 소리가 없었다. 온몸을 쭈그리고 엄마는 몸으로 울었다. 입술을 꽉 물고, 참았다 내는 짧은 신음이 들렸다.

그 뒤 엄마는 가끔 술잔을 기울이며 눈물을 훔치곤 했
다. 그런 엄마를 보며 내가 할 수 있는 것이 없어 답답했
다. 화가 났다. 고생하든 말든 아버지 손에 크게 내버려
두지, 왜 데려왔나. 엄마에 대한 원망도 있었다.

엄마는 아버지가 딸들이 있는데 여관을 한다며 뭐라
하자 여관을 그만두고 노래방과 옷가게를 하며 우리를
키웠다.

엄마는 바닷물이 갯벌에 차오를 때까지 조개를 캤다.
집으로 돌아와 마당 수돗가에 있는 큰 고무 대야에 쏟아
낸 조개를 해감했다. 엄마는 저녁 밥상에 삶은 조개를 냄
비째 올려놓고는 뜨거운 국물에 담긴 조개를 하나씩 집
어 줬다. 엄마는 내가 먹는 모습을 보며 환하게 웃었다.

엄마는 조개가 입속으로 들어가기가 무섭게 조개를
다시 내 손에 얹었다. 그리고는 더 빨리 먹을 수 있게 아
예 그릇을 가져다 조개를 까 놓았다. 나는 목구멍까지 가
득차서 더 먹지 못할 때까지 조개를 먹었다. 그래도 냄비

에는 조개가 가득했다.

매일 조개를 캐니 엄마네 냉장고에는 언제나 조개가 가득하다. 엄마는 삶은 조개를 건조기에 말려 자식들에게 나눠준다. 덕분에 우리 집에는 조개 요리가 끊이지 않는다. 바짝 말려진 조개를 그냥 먹기도 하고, 찌개에 넣어 국물을 내기도 하고, 부침개에도 넣는다. 엄마의 조개가 입에 들어가면 짜디짠 바닷물이 눈에 들어간 것처럼 눈물이 흐른다.

어느새 나는 새엄마와 함께 살던 나를 데려온 엄마 나이가 되었다. 엄마가 되어 보니, 엄마의 고단했던 삶이 고스란히 느껴진다. 이제는 엄마를 내 등에서 쉬게 하고 싶다.

엄마가 조개를 캐는 건지 미련을 캐는 건지

모르겠다. 날카로운 호미로 헤집고 다닌

갯벌을 보고 있자니, 엄마가 살아온 삶을

그려놓은 것 같다. 엄마 삶의 흔적들이 갯벌 위에

가득했다. 물이 들어오면 갯벌이 흔적 없이 사라지듯,

엄마의 아픈 상처도 모두 쓸어가면 좋겠다.

엄마의 책장

장소희

시골에 사는,
시골이 좋은 스물여덟.

유난히 길던 장마였다. 아침부터 밖이 소란스러웠다.
천장으로 떨어지는 빗방울 소리는 그 어느 때보다 더 세
찼다. 창문 너머로 할머니와 엄마가 장독대를 갖고 씨름
하는 소리가 들렸다. 눈을 떴는데 불길한 느낌이 들었다.

"엄마."

누운 채 엄마를 불렀다. 대답이 없었다. 지붕을 때리
듯 내리는 비는 내 목소리마저 덮쳐버렸다. 방문을 열고
나와 현관으로 갔다. 현관문을 열었을 때 집 앞 작은 마
당이 빗물로 검게 잠겨 있었다. 한두 계단 내려가니 흙탕

물이 내 발목을 덮쳤다. 엄마와 할머니는 비에 쫄딱 젖은 채 둥둥 떠다니는 장독대와 의자들을 옮기느라 우왕좌왕하고 있었다.

"엄마, 뭐해?"

"괜찮아! 들어가 있어!"

그러나 괜찮지 않았다. 나는 얼른 방으로 뛰어 들어갔다. 매트리스를 들어올렸다. 이미 방 안에도 물이 들어와 있었다. 심장이 뛰었다. 너무 빨리 뛰어서 가슴이 아팠다.

'괜찮아, 괜찮아.'

나는 무의식적으로 중얼거렸다. 옆의 옷방으로 뛰어 갔다. 책가방을 열고 지갑과 휴대폰, 노트북을 챙겨 넣었다. 밖에서 키우던 개도 생전 처음 집안으로 들어와 끙끙댔다.

"소희야. 나와! 지금 당장 나가야 해!"

할머니가 빨리 나오라고 소리쳤다. 쭈그려 앉아 가방을 챙기던 나는 할머니 말이 끝나기 무섭게 가방을 둘러 메고 개를 껴안았다. 거실도 물에 잠기고 있었고, 현관에 내려서니 허벅지까지 물이 차올랐다. 신발은 둥둥 떠다

넸다. 나는 맨발로 뛰어나왔다.

집이 물에 잠겼다.

내가 사랑하는 모든 것이 있는 집이 물에 잠겼다. 시집갈 때 챙겨가려던 샤프 전축, 얼마 전 새로 장만한 냉장고, 월급 받아 부모님께 선물한 TV, 탈수할 때 조용해서 좋다던 세탁기…… 모든 세간살이가 물에 잠겼다.

쏟아지는 장대비를 온몸으로 맞으며 할머니와 엄마, 그리고 나는 맨발로 서서 물에 잠기는 집을 바라보고 있었다.

"엄마. 다른 건 다 괜찮은데, 우리 책은 어떡해."

엄마에겐 오래된 책장이 있었다. 5단으로 된 직사각형 모양의 나무 책장과 그 옆에 나란히 하늘색 낡은 책장이 붙어 있었다. 책장 속에는 오래돼 누렇게 바랜 책들이 주욱 꽂혀 있었다. 엄마가 스무 살 무렵부터 모아둔 책이었다.

아마 내가 열 살도 안 됐던 것 같다. 일주일 용돈으로 천 원짜리 몇 장을 받았었다. 나는 용돈을 받으면 곧장 엄마의 책장으로 갔다. 엄마의 책장은 나의 비밀 창고였다. 그날 내가 돈을 숨기려고 꺼낸 책은 『고등어』라는 책이었다. 책장 앞에서 이 책 저 책 고르다 보니 표지에 물고기 그림이 그려진 책이 눈에 들어왔다. 공지영의 『고등어』는 내게 그렇게 '그림책'으로 먼저 다가왔다.

그런데 그 '그림책'도 이번 장맛비를 피해 가지는 못했다. 물에 잠겨 쓰레기로 버려졌다. 동시에 책 속에 있던 엄마의 흔적도 함께 버려졌다.

천장을 뚫을 것처럼 비가 오던 그날, 집에 들어찬 물은 내 허리춤 정도에서 멈췄다. 그 사달이 나고 집에 있던 물건은 대부분 버려지고 없다. 그리고 많은 책도 물에 잠겨 버려지고 없다. 물에 잠겼던 집은 석 달이 지나고 가을이 되어서야 집꼴을 갖추었다.

집은 고쳐지고, 방은 도배를 새로 하고, 가전제품은 다시 샀다. 그러나 엄마의 책장은 이제 없다. 새 책장을 샀지만, 이제 그 책장에는 내가 사는 새 책들만 드문드문 꽂혀 있다. 엄마의 낡은 책장과 엄마의 오래된 책은 이제 없다. 나는 그래도 가끔 새 책장 앞에서 서성댄다. 어쩌면 엄마도 그러지 않을까. 엄마의 한 시절이 담긴 그 책장은 나보다 엄마에게 더 소중했을 테니 말이다.

나는 얼마 전 엄마의 밑줄이 그리워 『고등어』를 샀다. 그리고 나는 '그림책'이 아닌 소설책 『고등어』를 읽었다. 그림책으로 『고등어』를 만났던 어린 나는 이제 주인공 명우가 '안개 속에 갇혀 있었던 것 같다'라고 한 스물일곱이 되었다. 자유를 찾아 청춘을 희생으로 보낸 명우는 이렇게 말한다.

"세상에, 스물한두 살 나이에 강가에 나가 강물이 아름답다고 생각하는 것에조차 죄책감을 가졌던 세대가 또 있을까? 강물이 그런데 하물며 사랑이야."

독재에 맞서 자유를 찾기 위해 헌신하던 1980년 스물일곱 명우와는 다르게 2020년 나는 나 자신을 위한 스물일곱에 살고 있다. 명우가 어린 시절 바닷가에 놀러 가 물속에서 잠수하다 본 적 있는 '자유로운 은빛 고등어 떼' 처럼 말이다. '화살처럼 자유롭게 물속을 오가는 자유의 떼' 그 모습이 바로 나였다.

명우와 다르게 나는 먹고 싶은 걸 먹으면서도, 입고 싶은 걸 입으면서도, 하고 싶은 것을 하면서도 어떤 죄책감 같은 건 느끼지 못한다. 자유로움에 대해 죄책감을 느끼지 않는 것이 자연스러운 시대에 살고 있다. 그들의 말마따나 '결혼은 최대한 뒤로 미루며 연애만 할 수 있는 세상'이 지금일지도 모르겠다.

나는 어쩌다 운수 좋게 그들의 다음 세대로 태어나 그들이 일궈낸 자유를 누리며 살고 있다. 억압에 대하여 아무것도 알지 못한 채 그들이 일궈놓은 자유를 누리기만 한 내가 감히 명우의 푸르지 못한 청춘을 헤아릴 수는 없는 것이었다.

책의 마지막 장을 덮고 이 책이 새 책이 아닌 엄마의 낡은 책이었으면 좋겠다고 생각했다. '그림책'으로 보던 시절의 누런 책이었으면 좋았겠다고 말이다. 밑줄을 긋고, 또 한 페이지의 귀퉁이를 접었을 엄마의 흔적을 보며 그렇게 '같이' 읽었으면 얼마나 좋았을까.

첫 번째 가족사진

최은주

글과 사람을 좋아하는
'꿈꾸는부자' 부동산 대표

그가 웃고 있었다. 이 사진을 이렇게 자세히 봐 본 적이 없었다. 그래서 몰랐다. 그때 그가 웃고 있었다는 걸. 그는 입을 다물고 입꼬리를 올리고 웃고 있었다. 그의 주름진 웃음을 보면서 그가 그때 행복해했다는 것을 알았다.

그 가족사진은 그와 함께 찍은 일상의 첫 사진이었다. 30여 년간 난 그와 단 한 번도 사진을 찍어본 적이 없었다. 유일하게 찍은 사진이 결혼식 사진이었다. 어려서는 가난해서 사진을 찍을 수 없었고, 조금 커서는 그와 함께

한 일상이 없었다. 졸업식 사진에도 그는 없었다. 졸업식
장에 한 번이나 왔을까. 난 그가 왔던 날도 그와 사진을
찍지 않았다. 난 그를 미워했다.

매일 악 받쳐 살던 엄마와는 달리 그는 늘 말이 없었
다. 말없이 TV를 보고, 말없이 밥을 먹고, 말없이 밖에
나가서 담배를 피웠다. 그는 늘 있는 듯 없는 듯했다. 일
상에서 그에게 했던 말은 "식사하세요.", "커피 드세요.",
"여기요." 정도가 전부였다. 난 그를 싫어했다.

결혼하고 두 번째 맞는 여름휴가였다. 이전 해 시댁과
여름휴가를 보내면서 친정 식구와 가족여행이란 걸 한
번도 안 해봤단 걸 깨달았다. 해보고 싶었다. 어렸을 때
는 가난해서, 커서는 하루하루의 생계가 바빠서 여행은
꿈도 못 꿨다. 친구들의 여행 경험담에 부러워하면서
한편으로는 남의 이야기라고 생각을 제쳤다.

'그런 곳 안 가봐도 돼. TV로 보면 되고, 책으로 보면
되지.'

스스로를 위로했지만 일종의 열등감이었다. 그런데
시댁과의 여행은 마음을 다르게 했다. 가족들과 맛있는

거 사 먹고, 해 먹는 즐거움은 남달랐다. 아름다운 풍경을 보면서 이런저런 소소한 이야기를 나누는 것도 좋았다. 그런데 한 번도 해보지 못한 것에 대한 자격지심과 질투가 섞여서 마냥 행복하지만은 않았다. 그리고 한 번도 해보지 못한 우리 형제들과, 우리 가족들과 함께해보고 싶었다. 난 여행을 계획했다.

지인이 가본 곳 중 군산 선유도라는 곳을 알아보았다. 아직 새만금 다리가 개통되기 전, 군산에서 배를 타고 들어가야 하는 작은 섬. 나는 2박 3일 일정을 짰다. 부모님과 형제들에게 일정을 말하고, 휴가를 맞춰 보라고 전했다. 숙박비를 아끼기 위해 저렴한 숙박 시설을 찾다 보니 공무원휴양소란 곳을 찾아냈다. 방 두 개를 예약했다.

드디어 여행 당일.

부모님과 우리 5남매, 그리고 남편과 11개월 된 딸아이, 8살 조카까지 10명의 대이동이 시작됐다. 일행이 많았던 만큼 짐도 많았고, 더욱이 가족여행이란 걸 해본 적 없던 엄마는 2박 3일 동안 10명이 먹을 반찬이며 음식재료까지 챙겨 넣느라고 소형차 석 대에 짐은 차고 넘쳤다. 그래도 첫 가족여행에 모두 들떠 있었다.

"엄마, 이불을 왜 넣느냐고요? 된장, 고추장이 이렇게 많이 필요해요?"

난 엄마가 실어놓은 짐들을 빼면서 소리쳤다.

"거기 이불 빌리는 값도 줘야 하는 거 아녀? 몇 끼를 끓여 먹어야 하는데 다 넣어. 나가면 다 돈이여."

엄마는 안 뺀다고 고집을 피웠다.

"야, 이건 좀 빼지. 너무 많아."

동생들은 서로의 옷 짐 하나를 빼라고 난리였다.

"고모, 우리 진짜 배 타요?"

조카는 여행 중 배 타는 것이 가장 신기하고 기대되는 일인 듯 물었다.

"누나, 가다가 어디 휴게소에 들를 거야?"

남동생은 중간에 들를 휴게소가 어디냐며 거기서 어떤 간식을 먹을지 물었다.

그 소리에 엄마는 다시 말했다.

"뭔 간식? 쉬지 말고 곧장 가. 다 돈이여 돈!"

정신이 없었다. 정말 난리통이었다.

그런 와중에도 그는 아무 말이 없었다. 늘 그랬듯이 그는 우리 옆 어딘가에 자리를 지키고 있었다. 난 그를 신경쓰지 않았다.

"아버지, 옷 챙기셨어요?"

오빠와 남동생이 그의 옷을 챙기면서 물었다. 난 그 모습을 보고 싶지 않았다. 난 그를 신경쓰고 싶지 않았다.

겨우겨우 사람과 짐을 태우고 군산에 도착했다. 군산에서 선유도로 들어가는 배로 짐을 옮기고, 다시 선유도에 도착해서 휴양소까지 짐을 옮겼다. 섬에서 빌려주는 손수레에 실은 짐은 휴양소까지 가는 동안 오른쪽으로 떨어지고, 왼쪽으로 떨어졌다. 세 명이 한 조가 되어 손수레로 짐을 옮기는 동안 남은 짐을 지키고 있기가 낯뜨거웠다. 한쪽에 있는 냄비들과 또 한쪽에 있는 음식들과 작은 산을 만든 옷무더기들까지. 지나가는 사람들은 신기한 듯이 쳐다봤다. 그러나 우린 웃었다.

"짐 좀 빼라니까." 서로의 짐을 탓하면서 웃었고, "우와 저것 좀 봐라." 엄마의 감탄사에 웃었고, "까꿍." 조카가 딸을 보면서 추는 개다리춤을 보면서 웃었다. 그런 와중에도 난 그의 웃음을 보지 못했다. 난 그를 보지 않 았다.

숙소에 도착해서 짐을 풀고 나니 오후 2시가 다 됐다. 라면으로 늦은 점심들을 먹고, 나는 다 같이 자전거를 타 러 나가자고 했다. 선유도 여행을 계획할 때 나는 섬에서 온 가족이 자전거를 타는 여행을 꿈꾸었다.

자전거 대여소에서 각자의 자전거를 한 대씩 골랐다.

"지환아, 이리 와서 이거 타 봐."

내가 조카의 어린이용 자전거를 골라주고 있을 때였 다. 그가 조용히 대여소로 들어왔다. 그는 앞쪽에 아기를 태우기 위한 보조 의자가 달린 자전거 쪽으로 갔다. 그는 보조 의자가 단단히 고정되었는지 살피더니 펜치를 가져 와서 한 번 더 조였다. 그리고 바퀴를 한 번 더 살피고, 자전거를 잡고 안전한지 흔들어서 확인했다. 그리고 딸 아이를 보조 의자에 태웠다. 딸아이가 웃었다.

난 그를 처음으로 자세히 봤다. 그는 많이 말라 있었 다. 그가 입고 있던 체크무늬 반바지와 흰 남방셔츠는 컸 다. 손목엔 얼마나 오래 됐는지 모를 은색 시계가 채워져 있었다. 젊어 일할 때 다쳤던 허리는 구부정했고, 빠진 이를 채우지 않은 그의 얼굴은 60대였지만 70대로 보이게 했다. 그가 늙어 있었다.

9대의 자전거가 출발했다. 선유도를 한 바퀴 도는 코스였다. 엄마는 이 자전거 여행을 위해 자전거를 배웠다. 몇 날 며칠 막내 남동생을 들볶아가며 학교 운동장에 가서 연습했다.

"내가 이 자전거를 배우려고 얼마나 연습했게. 이 나이에 자전거 배우기가 쉬운 줄 아니?"

엄마는 그 나이에 자전거 타기를 배운 것에 뿌듯해했고, 그 자랑을 반복했다. 신나고, 떠들썩한 자전거 타기가 시작되었다. 날씨가 좋았다. 바닷바람이 시원했다. 끈적하지 않고 적당히 더운 자전거 타기 좋은 날이었다. 난 맨 뒤로 뒤따라가면서 엄마의 자전거를 보고, 동생들의 자전거를 보고, 보조 의자에 딸을 태운 그의 자전거를 봤다. '행복'이란 단어가 마음에 차올랐다.

우리 가족의 첫 가족여행. 사진으로 남기고 싶었다. 비포장도로를 지나 다리를 지날 때. 바다가 보이고, 뒤로

산이 보이고, 멀리 바위섬이 보이는 자리쯤에서 난 앞에
가는 엄마를 불렀다.

"엄마, 잠깐 서 봐요."

엄마는 뒤를 슬쩍 보더니, 손으로 브레이크를 꽉 잡았
다. 자전거를 세운 엄마는 큰소리로 앞에 가는 동생들을
불렀다.

"은선아! 은지야!"

우린 길 한쪽에 자전거들을 세우고 지나가던 여행객
에게 사진을 찍어 달라고 부탁했다. 처음으로 온 식구가
함께하는 여행 기념사진을 찍는 것이었다. 엄마와 그를
가운데 서게 하고 싶었지만, 엄마의 극구 반대로 둘은 양
끝으로 섰다. 겨우겨우 자리들을 찾아서 섰다. 딸을 안은
나와 두 여동생, 조카가 가운데로 섰고, 뒤로 남편과 두
형제가 섰다.

"하나, 둘, 셋!"

신호에 맞춰서 사진을 찍었다. 2003년 8월의 어느 날
이었다. 사진 속의 난 웃고 있었다. 그와 가족 사이에서
이를 보이며 활짝 웃고 있었다.

2008년 2월. 그는 떠났다. 나는 그가 언제나 그러했듯이 있는 듯 없는 듯 그 자리를 지키고 있을 줄 알았다. 그와 그렇게 허무하게 이별할 것이라고 생각하지 못했다. 어느 순간부터는 그에게 아무런 기대가 없다 보니 미움조차도 없어졌다. 그를 땅에 묻는 순간조차도 아프지 않았다. 오열하는 형제들 사이에서 난 눈물을 흘리지 않았다. 그냥 담담했다. 엄마의 화가 좀 덜하겠구나 하고 생각했다.

시간이 지나면서 그가 생각나는 횟수가 늘었다. 우두커니 혼자 있던 그의 시간을 함께 채워주지 못했던 아쉬움과, 더 이상 그 모습을 볼 수 없다는 생각이 커졌다.

커피믹스를 마시다 문득 커피믹스를 좋아하던 그가 생각났고, 오토바이를 보면 그가 타고 다니던 빨간색 88 오토바이가 생각났다. 사람들한테 치이고 혼자 멍하게 앉아 있다 그가 생각났다. 딸의 수능 날 떠 있던 아침 달을 보면서도 그가 생각났다. 누군가에게 기대고 싶은 날 불현듯 그렇게 그가 생각이 났다.

나는 혼자 아버지,라고 소리내 불러보았다. 살아 있던

그에게는 한 번도 제대로 불러주지 않았던 말을 혼자 불렀다. 그를 미워했던 시간에 대한, 그가 떠났던 날 미처 눈물도 흘리지 못한 것에 대한 후회가 뒤늦게 밀려왔다.

참 못난 딸인 나는 이제야 그에게 말한다.

"아버지, 죄송했어요. 사랑합니다."

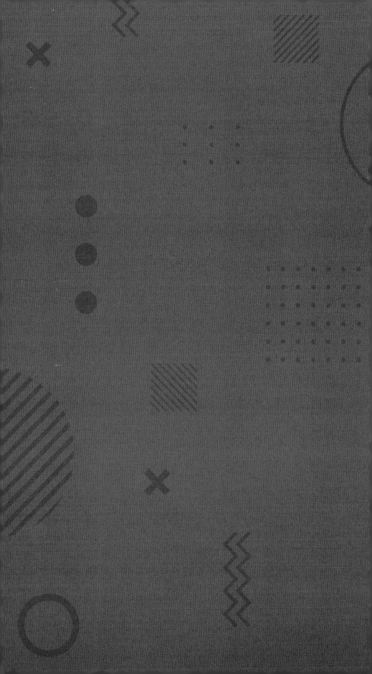

크리스마스의 기적을 기다리다

김애경

글로 나를 읽고 싶은, 생각 많은 여자

나는 가끔 우체통을 기웃거린다. 혹시 나의 지갑이 들어 있을까. 이런 내가 어이없기도 하지만 세상에는 기적이 있으므로 혹시 나에게도 그런 기적이 일어날까 생각하는 것이다.

2019년 말, 남편의 영국 출장길에 동행하기로 했었다. 그러나 어머님이 많이 편찮으셔서 우리 둘 다 한국을 떠나 있을 수가 없어 남편 혼자 출장을 떠났고, 어머니는 결국 이듬해 돌아가셨다. 남편은 장례를 치른 후 마음을 추스를 사이도 없이 또 이곳저곳으로 출장을 다녀야 했다. 그렇게 일 년이 지나고 2020년 1월, 마침내 나는 남편의 영국 출장에 따라나섰다.

캠브리지의 한 회사에 고용된 남편은 말 그대로 출장이었기 때문에 매일 출근을 했다. 하지만 영국이 처음이었던 나는 매일 설레는 마음으로 여행자가 되어 캠브리지 이곳저곳을 돌아다녔다. 당시는 코로나의 심각성이 크게 부각되던 시점은 아니었다. 그래서 영국에는 중국의 춘절 휴가를 즐기려는 엄청난 중국 관광객들이 몰려들었고, 캠브리지도 예외가 아니었다. 그곳에 머문 6일 동안 영국인들보다 중국인들을 더 많이 스쳤을 정도였다.

2020년 1월 23일, 그날 나의 일정은 영국의 대표 음식 중 하나인 피쉬앤칩스를 점심으로 먹고, 캠브리지 중심가에 있는 헤퍼스 서점에 들렀다가 피츠윌리엄 박물관을 가는 것이었다.

숙소를 나와 천천히 이곳저곳을 둘러보며 거리를 걷다가 파란색 페인트로 '피쉬앤칩스'라고 쓰인 식당에 들어가 주문을 했다. 생각보다 맛은 별로였지만, 식당 창가에서 보이는 캠 강의 경치는 아름다웠다. 내일은 그 풍경을 따라 캠 강을 걸어야겠다고 일정 목록에 써넣었다.

겨울이었지만 다행히 그리 춥지 않았다. 여전히 많은 중국인들이 거리와 상가 곳곳을 채우고 있었다.

식당을 나와 좁은 골목을 지나 도착한 헤퍼스 서점에서 내가 제일 먼저 간 곳은 크리스마스 카드 코너. 크리스마스가 지난 시점이어서 모든 카드가 반값에 판매되고 있었다. 멋진 영국 신사가 크리스마스트리를 수레에 담고 걸어가는 카드, 눈이 내린 숲속 오두막 안에서 불빛이 새어 나오는 카드, 크리스마스 만찬을 함께 즐기는 사람들의 모습이 담긴 카드 등 어떤 것 하나 무심히 지나칠 수 없었다.

나는 매년 12월 첫 주에 항상 크리스마스 카드를 구입하여 가족과 친구들, 그리고 오랜 동료 몇 명에게 카드를 보낸다. 그것은 한 해를 마무리하고 새해를 맞는 나만의 습관이자 의식이다.

정신없이 카드 구경에 빠져 있던 나는 수십 장의 카드를 골라 들었다. 내가 계산한 카드 값은 무려 70파운드에 가까웠다. 이 정도면 몇 해 동안 카드를 사지 않아도 될 것 같았다. 나는 카드를 받게 될 얼굴을 하나하나 떠올리며 피츠윌리엄 박물관을 향했다.

몇 걸음을 옮겼을까? 관광객들이 어느 오래된 건물 앞에서 웅성거리고 있었다. 또 몇몇은 사진을 찍느라 바빴다. 주변을 살펴보니 '뉴턴의 사과나무'라는 푯말이 보였다. 뉴턴이 사과나무 아래 앉아 있다 사과가 떨어지는 것을 보고 중력을 발견했다는 사과나무. 관광객들 틈에서 마주한 사과나무는 키가 작고 겨울이라 가지만 앙상했다. 여행을 준비하며 한 블로그에서 뉴턴의 사과나무 글을 읽으며 본 사과나무는 가지를 힘차게 뻗고 잎도 무성했었는데. 그래도 내가 그 유명한 사과나무 앞에 있다니 신기했다. 나는 다른 관광객들처럼 사진 몇 장을 찍고 가던 길을 재촉했다.

사과나무가 있는 곳에서 피츠윌리엄 박물관까지는 꽤 가까웠다. 나름 코스를 잘 잡았다 생각하며 입장료를 내기 위해 가방에 손을 넣었다. 그런데 순간 지갑이 손에 잡히지 않았다. 동시에 카운터에 앉아 있던 동양 여성은 내가 지갑을 꺼내려는 것을 보고 입장료가 없다고 말했다.

나는 가방을 열어 지갑을 찾았다. 없었다. 순간 온몸에 힘이 쭉 빠졌다. 어깨에 메고 있던 가방이 바닥으로 툭 떨어졌다. 카운터에 앉아 있던 동양 여성과 경비원이 달려나와 괜찮냐고 물었다. 나는 울먹이며 지갑을 잃어버렸다고 말했다.

그러자 동양 여성은 내가 이곳에 오기 전에 어디를 들렀느냐고 묻고는 헤퍼스 서점에 직접 전화를 걸어주었다. 그러나 그녀는 전화를 끊으면서 고개를 가로저었다. 나는 눈을 감고 길게 숨을 내쉬었다. 정신을 차려야 했다.

박물관을 나와 내가 왔던 길을 바닥만 쳐다보며 걸어 서점에 도착했다. 길 어느 구석에도, 서점 어디에도 지갑은 없었다.

"필요 없는 것들을 모두 빼놓고 가. 잃어버릴 수도 있잖아."

남편은 출발하기 전날, 내 두툼한 지갑을 보고 말했었

다. 그러나 그동안 한 번도 지갑을 잃어버린 적이 없었던 나는 보란 듯 잘난 척을 하며 그 두꺼운 지갑을, 절대 잃어버려선 안될 것들이 들어 있던 지갑을 들고 갔다. 그 지갑에는 글을 잘 쓸 줄 몰랐던 돌아가신 나의 친정엄마가 나와 남편의 이름을 힘주어 꾹꾹 눌러 쓴 작은 쪽지, 루게릭병을 앓다 돌아가신 어머니께서 힘없는 손으로 내게 쓰신 마지막 편지, 그리고 파킨슨병을 앓다 돌아가신 아버님께서 지갑에 지니고 계셨던 빛바랜 우리의 결혼사진이 들어 있었다.

얼마나 주변을 헤매었을까? 어느새 나는 뉴턴의 사과나무 앞에 서 있었다. 작고, 가지만 앙상한 나무는 혼이 빠진 내 모습 같았다. 목에 감겨 있던 목도리를 풀어 얼굴을 파묻었다.

내가 잃어버린 것은 지갑이 아니었다. 그것은 내가 힘들 때마다 나를 다시 일으켜 세워주는 용기였고, 격려였다. 그것은 다시는 만날 수 없는 그분들과 연결된 아주 가느다란 끈이었다. 지갑을 잃어버렸다는 사실보다 내가 평생 부여잡고 살고 싶었던 끈을 놓쳐버렸다는 것이 나를 더 견딜 수 없게 했다. 나는 앙상한 사과나무 앞에서 하염없이 울었다.

그 후 일 년이 지난 작년 크리스마스를 앞두고 지인들에게 보낼 카드를 하나씩 적으며 크리스마스의 기적이 나에게도 일어나 주기를 기도했다. 누군가 그 지갑이 단순한 지갑이 아닌 나의 보물 상자임을 알아차리고, 내 명함에 적힌 영문 주소를 보고 나에게 보내주는 기적. 이후 나는 나도 모르게 가끔 우체통에서 지갑을 발견하는 기적을 기다린다.

그 지갑에는 글을 잘 쓸 줄 몰랐던

돌아가신 나의 친정엄마가 나와 남편의 이름을

힘주어 꾹꾹 눌러 쓴 작은 쪽지,

루게릭병을 앓다 돌아가신 어머니께서

힘없는 손으로 내게 쓰신 마지막 편지,

그리고 파킨슨병을 앓다 돌아가신 아버님께서

지갑에 지니고 계셨던 빛바랜 우리의

결혼사진이 들어 있었다.

풍경으로 남은 것들

임후남

신간 읽는 할머니를 꿈꾸는
시골책방 생각을담는집 책방지기

흐리고 추운 날입니다.

한 친구가 있었습니다. 그는 미술을 했습니다. 미술학원에 다니는 그가 부러웠습니다. 당시 종로에 있던 미술학원 이름을 아직도 기억합니다. 심지어 수강료까지 기억합니다. 왜냐하면 당시 중학교 분기 등록금보다 한 달 수강료가 2배는 더 되었기 때문입니다. 그림을 그리고 싶기도 했던 저는 그때 미술은 할 수 없는 일이라는 걸 깨달았습니다.

어린 시절, 먹고 사는 데 급급했던 우리와 비교하면

그의 집은 너무나 풍요로웠습니다. 저는 곧잘 그의 집에 가서 밥을 먹고, 사과를 먹고, 그의 서랍에 가지런히 놓인 일제 필기구를 구경했습니다.

그는 우리 집을 궁금해했습니다. 그에 비해 곤궁한 우리 집을 저는 그에게 보여주고 싶지 않았습니다. 무엇보다 그가 온다 해도 우리 집에는 그와 내가 단둘이 있을 방이 없었습니다. 당시 우리 집에는 아홉 명의 식구가 있었습니다. 그의 집처럼 주방과 거실, 수세식 화장실, 각각의 방이 우리 집에는 없었습니다.

어느 날, 학교가 끝난 후 집에 도착했는데 그가 대문 앞에 서서 나를 불렀습니다. 당시 학교에서 집까지는 걸어서 30여 분 걸렸습니다. 버스를 타도 또 걸어야 해서 저는 하교 후 곧잘 혼자 걸었습니다. 그가 제 뒤를 따라온 것이지요. 그가 웃으면서 말했습니다.

"너 집이 궁금해서."

대문 입구에는 변소가 있었는데, 그가 얼굴을 찡그리며 말했습니다.

"이게 무슨 냄새야?"

어찌어찌 대학을 졸업하고, 문학 대신 열심히 밥벌이를 해야 했던 저에 비해 그는 밥벌이에 관심이 없었습니다. 작업실에서 종일 그림만 그리는 그가 참 부러웠습니다. 돈을 벌었던 저는 그에게 밥을 자주 샀습니다. 돈을 버니 참 좋았습니다. 사고 싶은 걸 사고, 저축도 할 수 있고. 그는 때때로 말했습니다. 이런 속물 같으니라고. 그 앞에 있으면 저는 언제나 속물처럼 느껴졌습니다.

인연이 이어지고 끊어지고 다시 이어지고. 그가 서운하게 해도, 무시하는 말과 행동을 보일 때도, 친구니까 생각했습니다. 돌이켜보면 아마도 제가 그를 더 좋아했던 것 같습니다. 친구 관계에도 왜 그런 관계가 있으니까요.

다시 또 세월이 지나 나이를 먹은 후 만났습니다. 음식을 하다 그 친구 생각이 나면 음식을 들고 그의 동네로 달려갔습니다. 지란지교를 이야기했습니다.

한동안 그와 연락이 되지 않다 최근 다른 사람에게 소식을 들었습니다. 엄마는 치매로 요양원으로 들어가고, 오빠는 암으로 저 세상으로 갔다고 했습니다. 혼자인 그가 얼마나 힘들까. 이런저런 해결할 일도 많을 텐데 그가 그런 일을 해내려면 얼마나 버거울까. 밤새 뒤척였습니다. 나는 오래 밥을 벌어먹은 사람이고, 사회생활을 해봤으니 그보다는 조금 나을 테니 뭔가 도와야 할 것 같았습니다.

망설였습니다. 먼저 연락을 끊은 것이 그였기 때문입니다. 그러다 메일을 보냈습니다. 필요한 일 있으면 연락하라고. 답이 왔습니다. 관계가 부담스럽고 불편하다, 이제 관계를 끊으려 한다. 메일을 보는데 슬프기도 했고, 화가 나기도 하고, 그러다 웃음까지 나왔습니다.

엊저녁 아들과 저녁을 먹으며 이런저런 이야기를 나누다 그 친구 이야기를 했습니다. 말하다 보니 맥이 잘 잡히지 않았습니다. 너무 오래된 관계라서, 대체 어디에서부터 말하면 좋을까 생각하다 보니 두서가 없었습니다. 입 밖으로 내고 보니 며칠 마음에 일던 감정이 조금 정리되는 듯했습니다. 그의 마음에 부담스럽고 불편함이 무엇인지 사실 조금은 알 듯도 했습니다. 물론 그는 제가 헤아리는 것보다 훨씬 많은 불편함을 갖고 있겠지요.

자연스럽게 멀어지고, 만나지 않고 살아가는 인연들. 그의 단호함이 부럽기도 했습니다. 한편으로 그 힘든 말을 하기까지 또 얼마나 힘들었을까 싶었습니다.

누구나 내 입장에서 생각합니다. 내 이야기를 들어줄 누군가가 필요하고, 그가 전적으로 내 편이길 원합니다.

전적인 내 편은 누구일까.

『살아갈수록 인생이 꽃처럼 피어나네요』에서 한 어른이 이렇게 말씀하셨습니다.

"오래 살았으면 싶다. 우리 아이들이 정말 좋은 일 있을 때 달려와 이야기할 수 있도록."

나쁜 일은 친구와 나눌 수도 있지만 정말 좋은 일은 부모만 함께 즐거워할 수 있기 때문이랍니다. 생각해보니 언제부턴가 정말 좋은 일이 있을 때, 저도 부모에게 맨 처음 소식을 전했던 것 같습니다. 친부모가 모두 가신 후에는 시부모에게 전화를 걸었지요.

나쁜 일, 부끄러운 일들을 가장 많이 아는 것도 오래된 친구들입니다. 그 허물을 덮고 또 만나는 사이. 서로의 장점도 인정하고, 부러움도 인정하고 함께 나아가는 사이. 그게 친구지요.

오래된 나무 위로 햇살이 비춥니다.

그새 해가 났습니다.

곧 지는 해입니다.

모두 풍경으로 남습니다.

나의 가장 소중한,
나의 가장 침울한

펴 낸 날 2021년 6월 28일

지 은 이 강인성 외

펴 낸 곳 생각을담는집

디 자 인 nice age 강상희

제 작 처 올인피앤비

주　　소 (17167) 경기도 용인시 처인구 원삼면 사암로 59-11

전　　화 070-8274-8587

팩　　스 031-321-8587

전자우편 seangak@naver.com

블 로 그 https://blog.naver.com/seangak

© 임후남, 2021, Printed in Seoul, Korea

I S B N 978-89-94981-86-4 03810